石川啄木の友人
京助、雨情、郁雨

西脇　巽　著

同時代社

序文

啄木の友人はたくさんいる。その中で特定の人物を選択するのは容易ではないが、普通一般に認められている人物としては、中学時代から終焉にいたるまで啄木との交流のあった金田一京助の名を上げることに異論のある人はいるまい。その他に京助と並び称される啄木の友人としては、啄木没後も遺族の世話と啄木文芸の普及に努めて無償の友情を捧げた函館の宮崎郁雨がいる。この二人は『一握の砂』を献辞された友人としてその名が刻まれており別格である。その他に小樽で知り合った野口雨情、東京で知り合った土岐哀果、また函館で知り合ったのだが友情が芽生えたのは東京での丸谷喜市、などなどの名前を上げることが出来る。

しかしこれらの友人の中でも最も興味深いのは京助、雨情、郁雨の三人である。私から言わせればこの三人は桁外れの興味深い人物なのである。桁外れとは良い悪いとか、優秀であるか否かとか、好き嫌いとかとは別の概念である。京助と雨情は一般にも良く知られた名前である。郁雨は啄木愛好者や研究者でしか知られていない名前かも知れないが、啄木の妹・光子によってどんなに名誉を傷つけられ名を貶められても、泰然自若として言い訳一つすることもしない。その泰然自若振りはやはり常人では不可能な傑出した人物なのである。

ところが啄木との友情の内容という意味では、土岐哀果や丸谷喜市の方が他の三人よりも勝っていたかも知れない。啄木晩年に土岐哀果と意気投合して文芸雑誌『樹木と果実』を共同で出版しようとした土岐哀果に対する入れ込み方、また同じく啄木晩年には手紙の代筆を依頼していたほどの信頼の大きさや、社会変革の詩「呼子と口笛」の論争相手のモデルとなった丸谷喜市、などにそれらのことが窺われる。

しかしながら、土岐哀果は文芸の人としてその名を知る人は居ても、その内容まで知っている人は文芸愛好者以外にはそれほどいるとは思えない。読売新聞に入社して「駅伝」という競技の名付け親ということを知っている人もそんなにいないであろう。

丸谷喜市も大学の教授になったり学長になったりの人物であるからそれなりに優秀な人物である。しかし啄木研究者以外で、あるいは専門の経済学以外の一般の人々の中で、丸谷喜市の名を知っている人がどれくらいいるかと言えば殆ど知られていないのではないだろうか。私は啄木研究に携わるまでは丸谷喜市などという名前は知る由もなかった。

私に言わせれば土岐哀果と丸谷喜市は、真面目で誠実で優秀な人物ではあっても、常識人であり過ぎて人間的面白さという点では前述の三人と比較しようもない。一番の桁外れは啄木ではあるが、京助、雨情、郁雨も啄木に負けず劣らず、一般常識的視点から見れば桁外れの奇人変人のように思える。精神科医師の端くれの私としては、このような人物の方がより愛着と興味が湧いて来るのである。

なお郁雨については私の著書『啄木と郁雨　友情は不滅』（青森文学会　二〇〇五年三月二十日刊）で主なるところは書いている。本書では所謂「啄木と郁雨の義絶」問題の補足しか書いていないが、郁雨についてのより詳細を知りたい読者は『啄木と郁雨　友情は不滅』を参照していただきたい。

なお私の啄木書シリーズは再び同時代社から出版の運びとなった。変わらぬ友情を維持してくれている同時代社の創立者にして代表・川上徹氏に深謝の意を表して序文の結びとしたい。

石川啄木の友人　京助、雨情、郁雨――目次

京助哀歌

序章

京助が啄木の友人であることを否定する人はいない。たとえ小林芳弘氏が「金田一京助は、数多くの啄木作品の誕生に貢献した。近くで啄木を見守り、物心両面から多大な援助を惜しまなかった。その反面、彼ほど啄木の本質を知らなかった人も珍しいのではないだろうか。」（『啄木と釧路の芸妓たち』みやま書房、昭和六十年七月三十日）と書いたとしても京助と啄木の友情は否定出来るものではない。

青春時代の友情とは何事にも代えがたいものがある。それが年を経てくることで変容して来ることは仕方がないことだとしても、青春時代の友情を変質させるものではない。そのため京助の書いた啄木に関する文献は未だに感動を呼ぶものとしての生命を保ち続けている。

私の所感では啄木と京助の友情にはある特徴がある。啄木が常に能動的であり、京助は受け身的である、という特徴を感ずるのは私だけではないであろう。啄木が能動的性格であり京助が受け身的性格である、ということもあるからであろう。啄木は自分の友人に対して、誰彼かまわずに能動的に働きかけることはよく見かけるところである。

しかしながら啄木と京助の場合にはより特徴的なことに感ずる。啄木が経済的に困窮して四歳年長の京助に助けてもらっていたという関係からすると、京助は助ける立場、啄木は助けられる立場である。友人間の人間関係に上下の関係を持ち込んだらそれはもはや友情とは言えない人間関係ではある。しかしながら、あまりにそれが一方的であると何かしら不自然な感じもしてくるのである。
　啄木は京助に対して経済的に援助をうけていながら、京助に気に入らないことがある時にはそれを隠したりはしていない。京助を批判的に見ている作品（小説『束縛』など）もあれば日記にも書いている。
「一方、金田一君が嫉妬ぶかい、弱い人のことはまた争われない。人の性格に二面あるのは疑うべからざる事実だ。友は一面にまことにおとなしい、人の好い、やさしい、思いやりの深い男だと共に、一面、嫉妬ぶかい、弱い、小さなうぬぼれのある、めめしい男だ」（『ローマ字日記』明治四十二年四月八日）
「十一時頃、金田一君の部屋に行って二葉亭氏の死について語った。友は二葉亭氏が文学を嫌い――文士と言われることを嫌いだったというのが解されないと言う。憐れなるこの友には人生の深い憧憬と苦痛とはわからないのだ。予は心に耐えられぬ淋しさを抱いてこの部屋に帰った。ついに人はその全体を知られることは難い。要するに人と人との交際はうわべばかりだ。
　互いに知り尽くしていると思う友の、ついに我が底の悩みと苦しみとを知り得ないのだと知った時のやるせなさ！　別々だ、一人一人だ！　そう思って予は言い難き悲しみを覚えた。予は二葉亭の死ぬ時の心を想像することができる」（前掲日記四月十五日）
　それに対して京助は啄木に対しては批判的言辞は一切していない。京助は啄木に対してどのような思いでいたのであろうか？

「……前略……こういう風に、その日その日でまるで反対の考えも出て来るのですから、どれか一日の『考え』をもって、啄木はこうだと決めてしまうわけには行きません。この動揺は見落せない事実と思います。だから文献のみから当時の彼を推知するのは随分危険です。文献は全部でなくたった一部だから。いわんやその中のある一日の記事!……中略……自分の欠点も見えるかわり人の欠点も見えて、欠点をば人のでも自分のでも憎んだのですから、本人に向かって言いませんでも日記の上では遠慮がないからどんどん言う。それで悪人のように見えますけれども、私は正直だったと怒らずに読むことが出来ます。ですから決して『怪しからん奴だ』とは思いません。どうしたって『憎めない人』でした。私の彼に対する気持ちは生涯これでした」(『人間啄木』伊東圭一郎、岩手日報社)

京助の気持ちはアレコレの理屈抜きである。京助が何故にそれほどまでに啄木に心ひかれるのか、啄木にそれほどまでの魅力があるから、京助がそれを感じていたから、と言えばことは簡単である。しかし京助の場合は京助なりに並外れたところがあり、京助の特徴資質があるであろう。啄木は京助が「嫉妬ぶかい、弱い、小さなうぬぼれのある、めめしい男だ」などと書いているが、この当時の啄木は京助の本当の「強さ、凄さ」を感知していなかったとしか思えない

本論では京助に焦点をあててそのことを論考していきたい。

一、金田一家に漂ううつの黒雲

1　三人の自殺

私は金田一京助（以下京助）のことをいろいろと調べているうちに二つのことが気になって仕方がなくなってきた。第一は京助が里子であったこと、第二は京助の身内に自殺者が三人もいることである。京助の妹・芳子（戸籍名ヨシ）と弟・他人（おさと）が自殺しており、更には京助の四女・若葉までが自殺しているのである。これは果して偶然とすまして考えて妥当なのであろうか？　私には疑問に思えてならないのである。

芳子、他人、若葉について堀澤光儀が次のように書いている。（『金田一京助物語』三省堂）

＊　　＊　　＊

芳子は、京助と同様、里子に出され、五歳で家へ帰ってきた。姉のヨネが里子に出された妹を不憫に思い、「会いたい、会いたい」と毎日のように両親に告げていた。ヨネの願いがかなって、何日間か家へ戻ることができたのは、三歳か四歳の頃であったろうか。気ままに育ったせいか、姉妹のなじみが薄いせいか、芳子は泣き虫になっていた。泣き出すと、なかなかやまなかった。「かわいそう」といってあやしていたヨネも、あまり泣きやまないので思わず「ああ嫌だ」と、いってしまった。このひとことを、家に帰ってきてからも芳子は忘れないでいた。上の兄三人、妹や弟となじむこともなく、そのせいもあって、のけ者にされた。里子の経験を持つ京助がかばうと、皆反発し、ついにきょうだいらしい素振りをすることもなく育った。

それでも縁あって、盛岡から三十五キロメートルほど離れた花巻へ嫁いだ。嫁ぐ日、京助はひとこと「兄として足らざることのみ多かったが、お前を皆と同じように愛していた」と告げたかった。声をかけようとしたとき、妹は横向いてしまって果たせなかった。

一年ほど前、芳子は実家へ戻った。休暇で帰った京助に「兄さんは、それ見ろ、といった」と、恨めしげにみつめ、長いこと泣きやまず、「そんなことというはずはない。人間一生には、いろいろ憂きこともあるのだ」といっても、聞こうとしなかった。

気の抜けたビールのようになっていた芳子が、書き置きもせず家を出たのが七月四日のことである。あちこちさがしまわるうち、七日になって、見前村（現盛岡市）に女の死体が漂着したというので、もしやと怪しんで行って見ると、何としたことか変わりはてた芳子の姿があった。膝を堅くしばり、髪を結って、覚悟の入水であった。

＊　＊　＊

他人とは妙な名前だが、父親が四十二の厄年に生まれた子は親に仇をするという俗信があって、他人の場合それにあたるため、形の上だけでも親子の縁を切った方が良いということから、そのように名付けられたのである。他人の不運はそれにとどまらず、五年間里子に出され、両親、ことにも母の愛を知らずに育ったことである。この子がきょうだいのなかで、一番の秀才であった。優秀な成績で盛岡中学校から、第一高等学校、東京帝国大学法学部へと進むのである。

一高を卒業する直前、他人は学友の紹介で福島県出身の実業家を知り、お茶の水の豪壮な邸宅に出入りするうち、家族同様に愛され、一高びいきの一家のたっての願いもあって、この家に住むことになった。実業家夫人は、十三歳の次女と他人を婚約させた。首席を争っている親友の岸信介（戦前商工相・戦後首相、日米安保条約を締結）や我妻栄（民法学者・東大教授、山形県生まれ）も訪れて、祝福した。科は違っていたが、谷川徹三（哲学者）とも親しかった。

他人の幸福は二年と続かず、一家の空気が一変する。一家あげて冷淡路傍の人のごとく、実業家夫人はもとより、最愛の許婚者も背を向けた。厚遇したことへの反動と家庭内の複雑な事情によるものであろうとも思われたが、はっきりした理由はわからなかった。他人は、里子なるがゆえに、知らず出来てしまった心の垣根のせいであろうかと思い、京助に悩みを打ちあけ、兄の許へ帰りたいといった。

「幸福には、にがい涙を伴う幸福もある。あっちの水が甘いといって向こうへ行き、こっちの水が甘いといっては帰るような安易な人生であってはならないのだ。積極的努力のない生活、道徳的燃焼のない進退、従ってその動機に必然性のない移動には、抱擁する手がこっちから伸びようはずはないではないか」

傷ついた魂をいやすには、この家しかないとすれば、その準備をしなければならないと思いながら京助は、そう言った。他人は二度と、兄の許へ帰るという話はしなかった。甘えようと伸ばす手のやり場もなく、自我の防壁だけを築く里子時代にもどったもののようである。

他人は、会社に実業家を訪ねた。「人の家にいるには色々なことがあるものだ。私にも経験がある。しかし、雨が振って来たら傘をさせばよいじゃないか。風が吹いたら窓を閉めたらいいじゃないか」というのが実業家の答えであった。他人は失望し、兄なら別のことばがあろうと思いながら、牛屋横町へ来た。

「それでいいのだ」

と京助は、いった。

「岳父のことばとしては最善の詞であろう。気の毒に、さぞ苦しいだろう、かわいそうにということばは、誰の口からも出やすいのに、岳父はお前に、忍べといったのだ。その声にこもる慈愛のひびきを聴かなければならない」

京助は、おのが胸中を実業家のことばに託して、他人を励ました。他人は高等文官試験を受けるべく決意し、合格する。試験終了後、師の鳩山和夫は他人を呼んで、卒業後は大学に残り学究生活に入るよう強く勧めた。

師の知遇に感謝したものの、既に無用の人と化した実業家宅でのおのが存在を思えば、他人の足は兄の許へ向かうしかない。

「今度は、いよいよ駄目なようです。僕はもはや、あの家にいる理由がなくなった」

許婚者の心変わりを告げる他人に、祈るような思いで京助は言った。

「この愛ほど至純なものがあろうか。これを疑うなら、お前はお前の全生活を否定しなければならない。それでは死ぬよりほかに仕方がなくなるではないか」

秋になって、他人は続けて一週間ほど京助の許を訪れた。京助はこの月、京都帝国大学で行うアイヌ語の講義の草稿づくりに忙しく、

「誠はついに通るという兄さんの人道主義は、現実に対し無力なのではないか」

と問う他人に、十分説明できなかった。このため他人は、兄の人道主義は、物質的に責任を免れ、自分を実業家の所へ引きつけておくための間に合わせのものであったのかという誤解をいだいたまま帰ることになった。この世で唯一信頼していた兄に裏切られたのだと他人は思ったのである。

生後間もなく里親の手に渡り、五歳で生家へ帰ってからも情愛の差別を身にしみて感じながら育ち、寂しい性格の持主となった他人である。この弟を何とか人間にしようと京助は、背後に道徳の鞭を持ち、励ましたつもりであったが、苦労を嘗めさせただけだったのかもしれない。他人に必要なのは、人間への信頼であり、心の静けさだ。京都での講義を終えたら、呼んで救いの手をのべようと思った。

京助が京都へ出かけて留守の日、これまでとはうって変わってさっぱりとした表情で他人があらわれた。義姉から鏡と剃刀を借り、髪を整えると、膝をついて「ありがとう」と頭を下げた。静江が「どっかおでかけ」ときくと「ええ、とてもいい所へ行くんですよ」にっこり笑って答え「兄さんが帰ったら、これを渡して下さい」と白い角封筒を置いてすたすた帰った。

他人が実業家宅で自殺したのは翌朝（一九二〇年十一月二十六日）のことである。知らせを受けて帰宅した京助が封筒を開けてみると、

「神はあらうけれども、僕には見えない」
とだけ書かれていた。

＊　＊　＊

幼い頃から病弱な娘であった。姉三人は、いずれも生後間もなく没し、長女郁子明顕善童女、次女弥生明賢善童女、三女美穂子明穂善童女となっている。それだけに、若葉よ生きてあれと願った。その名のとおり、四月二十二日、若葉の頃の生まれである。京助三十八歳、静江出産後、病むこと多く、気晴らしにもと杉並へ移る。若葉は、成宗の家の裏木戸のそばを流れる小川で遊ぶのが好きだった。川魚がいて芹を摘むこともできて楽しいのだが、危険なので一人で遊ばせたことはなかった。ときおり安三（京助の弟）に、長女の貴美子と次女の澄子を連れて来てもらった。若葉は大喜びで、ブランコに乗ったり、一人で禁じられている水遊びを一緒にしたらしい。「こわくなかったの」ときくと「うん」とうなずき、目を輝かせていた。

……中略……

長じて春彦（京助の長男）が家を出て行くとき、若葉は何もいわなかったが、かぼそい身にずしり一家の重みがのしかかってきたのである。病弱の妹を残し、兄はどうしろというのだろう。父の学問は、誰が継ぐのか。若葉は、兄の胸を叩いていいたかったのだろうが「幸せになってね」と、ぽつり、つぶやくようにいっただけである。戦時下の訓練に耐え、戦後の買い出しにも行った。そうしなければ生きていけなかったのである。

京助は若葉誕生以来、娘の幸福だけを願って来た。病弱の身ゆえ、他家にとつぐのは無理である。手許に置くには、養子を迎えるしかない。幸い若葉と同年の工学士丸山正弘と見合いをさせたところ、どちらも異論なかった。結婚式は一九四八年（昭和二十三年）十二月十五日、東田町の家で行われた。

二人は仲むつまじく、東京工業大学に勤める夫を毎朝駅まで見送りに行く。二十七年間耐えしのび、若葉は幸せになったのである。夜遅く、次の間で朝食の下ごしらえをしているらしい何か刻む音をききながら、格別用事はなかったが、娘の名を呼ぶと、エプロンで手をふきながら飛んできた。「お前の手厚い看護のおかげで、お母さんはだいぶよくなったし、私も明日は床をたたもうと思っているの」

京助がいうと、若葉はうつむいて、泣いている。嬉し泣きなのだと京助は思っていた。十日あまり若葉の食欲がなく「どうしたの」ときくと「なんでもないわ」と、明るい声が返ってきた。毛ほども悩みをさとられず、つとめて明るくふるまいながら、それとなく決別の準備をしていたのだろう。結婚一年後の一九四九年（昭和二十四年）十二月二十三日の夕方、若葉は父母と夫あて二通の遺書を残し、家を出た。驚いて方々を探すうち玉川上水の万助橋の下方に、若葉の遺品とおぼしき赤い鼻緒の下駄がみつかり、ここから入水したに違いないということになった。

……中略……

遺書には、死ぬわけは私の性格の弱さにあるのですとつづり、おのれを責めて人を憎まず、ただただ育ててくれた感謝の念が記されているのみであった。

＊　＊　＊

京助は我が娘・若葉の入水死について次のように歌っている。

- この世をば孤独と観じ思ひつめて愛のまほらに死をえらびつゝ
- うれひなく生なく死なき無の国へ我がうら若き身をすてにけり
- 死ぬわけは我が性格の弱さなり淡々として遺書は斯く言ふ
- 遺書はたゞ感謝をつづりひたごころおのれを責めてひとを恨みず
- 十日ほど食欲無きをあやしめば何でもないと笑ってはづしき
- にこやかに誰にも好くしよそながら決別をして居たりけらしも
- 落ちついて毛ほども人に気取られず思ひのままに覚悟せるあはれ
- なぜ死んだなぜ死んだかと声を挙げて泣けど及ばず胸さけむとす
- ひしひしと胸うつ遺書を前にしてひとりし居れば胸裂けむとす
- これほどに思慕する人をなぜもいちど思ひ直してはくれなかったか
- 最愛の夫をすてて親をすててわがゆくみちを何と知りきや
- いっぱいに身もたましひもつくすほかは死ぬよりなしと思ひ成りきや
- 弱き身に夫と双親をみとりくらし全快を見て覚悟すあはれ
- ひとの世の幸福な生活を夢と見て身をば沈めけむひとすぢごころ
- 花のおも玉のはだへを惜しみなくすてけむひとのこゝろのさびしさ

『歌集　錦木抄〔入水行（昭和二十五年）―若葉をかなしむ歌―〕』

2　乳幼児時期

京助の同胞は十一名（男六名、女五名）のうち長男の京助をはじめ男の子三名、女の子一名が里子に出されている。里子とは籍を移す養子とまではいかないが、起居を共にして養育を頼むことである。その家の総領である跡取り息子の京助が里子に出される理由や意味がよく了解できない。

里子で有名な小説に下村湖人の『次郎物語』がある。小説ではあるが作者下村湖人の実体験を基にしているので事実に近いものと推察される。因みに『次郎物語』には色々な人物が登場して来るがそれにはそれらしいソックリな実際のモデルが居るという。

次郎の場合、母親が子供を学校好きにするために学校内に居住している夫婦、校番（今風に言えば住み込みの用務員さんみたいなものか）に預ける。そして次郎はその養母を実母以上に馴染み、実家に戻った時には実母に馴染めず、養母と引き裂かれる悲哀を体験するのである。それだけ次郎は養母に愛情をかけてもらっている。

京助の場合はどうであったのか、検討してみよう。

金田一家は京助の曾祖父・伊兵衛勝澄が大豆屋という米穀商を営み、一代で財を築いている。勝澄は町人であったが、安政前後の南部藩の大飢饉に際して、蔵を開いて人々を救い、その功績により士分に取り立てられている。

その後家督は直澄（京助の祖父）、勝定（直澄の息子、京助の伯父、母の兄）と引き継がれていく。勝定の妹・ヤスは末っ子として過剰に可愛がられたためなのか詳細はどういう理由なのか不明だが、他家に嫁がないで婿養子として梅里久米之助を迎えている。

そのため当時の大家族制度のままで、大きな家に祖父一家、跡取りとしての伯父一家、それにヤスの婿となった京助の両親一家、合わせて三世帯が同居している。京助が生まれた時、その家には親族の他に下男二人、女中が三人もいたという。

そして久米之助とヤスの間には以下の子供が誕生している。

1　長女　ヨネ
2　長男　京助
3　次男　次郎吉
4　三男　安三
5　次女　ヨシ（芳子）
6　四男　直衛
7　五男　他人
8　六男　六郎
9　七男　家寿
10　三女　ヒサ
11　四女　梅子

三女、四女と四男、五男、六男、七男たちとの出生の順序は詳細不明である。しかしながらここでまた不思議なことが発生する。六人の息子のうち長男の京助を含めて三人（京助、他人、もう一人不明）が、それに次女ヨシも里子に出されているのである。

明治のこの時代ではまだ長男は総領息子として大事に養育されているものと思われるのだが、京助は生後十ヶ月で母は弟を懐妊したので「弟を見る子」として「おとみ子」となるのである。ところで京助は総領ではあるが、母が弟を懐妊したため乳が出なくなり、京助に飲ませる乳がない。そのため京助は乳の良く出る郊外の農家の若夫婦に預けられるのである。里子というものは正式の養子ではないが、起居を共にするような預けられ方をする。

しかしブヨなどの虫がブンブン飛び回っている田圃の畦道に放置しておくような農家の育児方法を見て実父の久米之助が見ていられなくなり引き取り、次は士族の家に預けることになる。しかしここではあまりにも厳格な体罰主義があり、結局乳はあてがわれないが、祖母・リセに引き取られて養育されることになる。

乳をあてがわれないのならば、実父母のところでも同じなのであるが、実父母ではなくて祖母が引き取る理由が謎である。

そのため京助は、三度目の里子に出されないように祖母・リセから嫌われないようにするためなのかどうか、それとも身近な人物の口真似なのかどうか、京助の言葉使いは末年に至るまで「……のよ」とか「……なのよ」とか女っぽい言い方が身についてしまうのである。

総領息子が里子に出されるということは不思議に思える。京助の両親からすれば京助は長男には違いない。しかし共同生活をしている大家族の視点に立てば、勝定という家長がいながら家長の妹のところへ婿に入った夫婦であるから、その存在は希薄なものでしかないのであろう。京助は直系ではなく傍系なのである。何事も直澄（京助の祖父）、勝定（直澄の息子、京助の伯父、母の兄）らの指示には逆らうことが出来ない立場なのである。

その後の京助が学問の道を歩みだす際にも、父親・久米之助の了解よりも本家当主の勝定の了解や経済的援助が必要となる京助なのである。

つまり久米之助やヤスは自分の子供の養育にあたって、自分たちの主体的判断よりも大家族全体の意向、つまりは大家族の家長たる直澄、勝定らの意向を重視しなければならなかったのであろう。普通一般的には生後一年頃の子供は最も可愛い盛りとなる頃である。その頃に里子に出すということはあまり考え難いことであろう。それなのに十一人の子供のうち四人まで（実際はもっと多かったかも知れない）を里子に出すということはいささか了解し難いことなのであるが、大家族の中で、立場の脆弱なためにそのようなことが発生したと理解すれば了解出来ないことではない。

しかし私にはそればかりでない気がしてならない。母親・ヤスの人格についていささか気になるのである。子供を次々と里子に出すことに対してヤスはどのような感覚であったのかの資料が無く、よくわからないため疑問だけが膨らんでしまうのかも知れないが。

京助自身は自分の母親・ヤスについては「ただやさしい母でした」（金田一京助『私の歩いて来た道』日本図書センター）としか書いていない。父親・久米之助については、添い寝をしてくれたとか、凧絵を書いてくれたとか、背中やお腹に指で字を書いて当てっこしたとか、昔話をよくしてくれたとか、その情愛ぶりについて「この父の、長男の私に対する愛情といったらほんとうにことばにつくせません」（前掲書）と書いているのと比較するとあまりに対照的である。

　里子に出された京助の様子を見にきてくれたのは父親・久米之助であり、また里親のところから引き取ってくれたのは祖母（直澄の妻）・リセである。母親・ヤスの名前が出てこないのはどうしてなのだろうか。更に、ヤスは子供に対して依怙贔屓が強かったと言われている。成人してからのことであるが、京助の弟・直衛がそのことについて母親を詰問しようとしたところ京助がたしなめたことがあるということである。

　私の推察では、ヤスは十一人も子供を産むほどの身体的健康には恵まれた人物ではあるが、精神にあるいは人格に何らかの障害がある人物に思えてならない。

　ヤスが普通に他家へ嫁ぐことが出来なかったのはその障害のためではなかったか、と疑問でならない。普通一般的に考えれば、総領息子が居て後継者となっていたならば、後継者の妹にわざわざ婿を取るようなことはしないであろう。ヤスの両親（直澄とリセ）はヤスに精神的な欠陥か障害を認めており、そのため他家へ嫁がせてもうまくやっていくことが出来ないことを感じ取り、自分たちの手元に置くために婿取りをしたのではないか、と推察されるのである。

　なおこのことは、後に京助には春彦という後継者がありながら、春彦は京助と別居していたとはいえ、四女・若葉を病弱だからという理由で他家に嫁がせることをせず、自宅に婿を取っていることと似ているのである。

　ヤスの精神的障害とは何であろうか。ヤスは十一人もの子供を産みながらそのうち四人の子供を里子に出している。子供たちに対する情愛が濃いとは思われない。むしろ情愛は父親の久米之助や祖母・リセの方に感じられる。

統合失調症（以前は精神分裂病と言われていた）のなかのあるタイプは、単純型と言われる精神疾患である。一般の統合失調症のように幻覚や妄想、不穏興奮などの陽性ポジィティブな症状はないが、無為、自閉、情意鈍麻、などの陰性ネガティブな症状が主となるのである。子供を産むことは出来ても育てる能力に欠けるのである。

ヤスは単純型統合失調症に罹患していたために、他家へ嫁ぐことは出来ず、そのため両親の手元で結婚させるために婿取りとなったものであろう、と考えることも可能である。しかしそれならば十一人のうち四人だけ里子に出すことが理屈に合わない。

そのため統合失調症ではなく、相として病状を繰り返す「うつ病」に罹患していた可能性も否定出来ない。十一人の子供を全部里子に出している訳ではない。うつ症状が悪化して精気が低下してしまい養育不能となった時の子供は里子に出し、軽快した時には自分で養育する。そうすると里子に出された子供たちの目から見て、母親が子供たちを依怙贔屓しているように見えてくるのも当然である。京助の弟・直衛が母をそのことで詰問しようとしたことが了解出来るのである。

ともかくもヤスには子育てに何らかの障害があり、そのために四人もの子供を里子に出さざるを得なかったのであろう。上の子供が離乳前に下の子供が出来て、ヤスには乳が不足のために、それだけの理由のために他家へ里子にやった、という表向きの理由だけではないように思えるのである。

京助は表向きでは、生後十ヶ月の頃にすぐ下の弟が母の胎内に入ったので乳離れが必要でそのために里子に出された、ということである。京助は明治十五年五月五日生まれであり、弟・次郎吉は京助が三歳の年の二月生まれ（前掲書）ということであるから明治十七年二月生まれである。なお授乳中の母親が更に妊娠した場合に、乳が出なくなることはあり得ることらしい。だからそのために里子に出すことは一応理屈にあっているが、それならば離乳期が過ぎたら速やかに戻せばよいと思われるのだが、乳児期をかなり過ぎた幼児期まで里子に出したままでいるのが了解出来ないのである。芳子が五歳まで里子にだされていたということでは離乳期をとっくに過ぎており、乳不足が理由とは思えない。

私の年代になると里子とか乳母という言葉は死語に近い。しかし母乳に代わる牛乳ミルクが普及する以前、明治の時代までは病気や体質その他の理由で母乳の出が悪かったりすると乳のよく出る子供を生んだばかりの女性の乳を当てにするしかなくなる。裕福な家では住み込みで乳母として雇い入れるであろうが、貧乏な家では餓死させるしかない。一般の家では子供を里子に出して養育してもらうしかなかったようである。雇い入れる程の金銭はかからずとも養育費用を負担してのことであろう。京助の場合は、里子に出されたところを嫌い、乳をあてがわれなくともよいから実家に置いてほしい、とこい願うのである。

なお里子と言っても養子に出した訳ではないので、籍はもとのままであり、父親・久米之助は里子先を頻繁に訪れて様子を見に行ったりしている。そして四歳～五歳ごろにはみんな自宅に帰っている。そこで両親や同胞たちとの家族愛のもとで育まれることになるのである。

なお京助が七歳の時に父親・久米之助は分家独立して盛岡市内の士族屋敷あとに住むようになる。

大家族からの自立である。そして祖父・直澄は久米之助に事業をさせて資産をつくらせようと盛岡駅前の旅館清風館を与えている。つまり別居して独立した生活を確立したように見えるが、実際的には経済的にまだまだ本家の支配の下に居たのである。

3　京助の人格形成

乳児幼児のころの京助は二度も里子に出されるなどの波乱があったが、小学校に入学してからは成績もよく順調に進み、卒業後も大きな挫折を経験していない。大卒後に実家の旅館が倒産した悲劇を経験しているが、それは京助が成人して後のことである。

尋常小学校、高等小学校、旧制中学校、旧制高等学校、旧制東京帝国大学、と極めて順調である。つまり少年から青年、成年とあまりに順調で、京助には人生の深い挫折体験があったようには思えない。京助自身も「私自身は、生活難の何たるかも知らない順境に生まれ、順境に育ち、学校をばところてん押しに押しだされただけのものだった……」と書いている。(『金田一京助全集』第一三巻「石川啄木」三省堂)

そのため人を疑うことを知らない、穏やかで優しい、温厚な人格を形成して行ったものと推察される。反逆児の啄木とはあまりに対照的である。そのことが自分にないところのものを相手が持っているという意味で、両者を親友として結び付けた要因であるかも知れない。ついでのことに言わせていただくならば、京助のアイヌ語の専門学術研究は導いてくれる先輩も居ないため、先駆的という意味での苦労は多かったと思われるが、他に専攻する人物も居なくて、つまりライバルと言われる人物も居ないために、彼らと闘うことも必要が無かったと思われる。つまり京助は競争に打ち勝つことも必要が無かったのである。

しかしながら私には、京助の人格についてはそんなに単純に綺麗事では済まされない思いが強い。京助の性格にも普通人以上に根強いものがあるのである。京助が乳幼児時期に里子に二回も出され、結局祖母に養育されることになったという養育体験は、京助にとっては深くて重い心的外傷であったと思われる。京助はそれを執着性格を身につけることによって克服してきたように思われる。

そして京助は粘り強い、学問研究者としては望ましい執着心の強い性格となっていったのである。またこのような執着気質は京助一人に出来上がったものではなく、京助を取り巻く人々にも共通していたことが推察されるのである。

私は京助とは面識が全く無いので京助がどういう性格の人物であるかを詳細に正確に知ることは出来ない。『晩年の啄木』の著者・宮守計氏（本名・七宮涬三）の講演（国際啄木学会盛岡支部二〇〇四年十一月例会）によれば、京助の性格は外柔内硬で執着気質の典型のようである。喋り方は穏やかなのであるが、自己の主張についてはどんな反論に対してもねばり強く、安易に妥協したり、自説を引っ込めたりするようなことは絶対にない、とのことである。

また長男・春彦は京助の後継者でありながら家を出て行ったことについて、その理由を次のように述べている。

「なぜ出ようとしたか。私の身のまわりを十分に世話してもらえなかったから？　それもあるが、最大の理由は、父の個性が強過ぎて、軍隊へ行って生意気になった私は父といっしょにいては、息もできないような思いがしたからである。

京助という人は、人がみな言うように実にやさしい感じの、女性的な人である。ところが、心はきわめて強いのである。好みや主義の点になると、一歩も譲らず、家族の者にも、すべて自分と同じ好みを持ち、同じイデオロギーを持つのが当然だと思っていた。これは、私は父が遠慮なく話せる話し合える友人がなかったことによるものと思う。が、とにかく、いっしょに――ちょっとアナクロニズムになるが、テレビなどを見ていても父のひいきする方にひいきしなければならず、父が顔をしかめるものはこちらもしかめねばならず、いっしょに見ていてちっとも楽しくなかった」（『父京介を語る』教育出版）

これでは春彦が家を出ていった気持ちもよくわかる。

ところで、京助の弟・他人と妹・芳子が自殺をし、さらに京助の娘・若葉までが自殺していることの謎が解明されねばならない。

私には他人と芳子の自殺は乳幼児時期に里子にだされたことと無関係ではないと思われる。里子に出された人がみんな誰でも自殺するような人物になるとは考えられない。里子に出された人でも京助のように頑張る人物も出てくる。しかし里子に出されるということは何らかの共通した心的外傷にはなったことであろうと思われる。問題はその心的外傷が適切に癒され克服されたかどうかが、それぞれで運命的に異なったものとなって来ることであろう。

4 因縁話

ここで啄木と京助の直接的な話ではないのだが、小説にでもしてみたいような啄木と京助の因縁めいた話をしておこう。

啄木の母・カツの兄に当たり、父親・一禎の師僧に当たる葛原対月（以下対月）という人物がいる。対月の詳細については私の『石川啄木　骨肉の怨』（同時代社）を参考にしていただきたいが、ここでは肝要な部分だけを述べておく。

対月は名僧といわれていたが旧南部藩、岩手県の県都の盛岡の名刹・龍谷寺の住職から何故に南部藩の辺鄙な北の外れ、青森県の野辺地の常光寺の住職へと移って行ったのか、理由が定かではない。常識的に考えてみれば栄転ではなくて、降格ないし左遷、処分的意味合いが感じられる。

この問題について京助は京助の祖母の話として「和尚さんは、よい和尚さんだったが、身内に暮らしの困る人たちがあってその方へお寺のお金を一時どうにかして、それが檀徒にわかって面倒が起こってね」と述べている。（「啄木余響　宿命」昭和六年八月『呼子と口笛』第二巻第八号）

対月の公私を混同した経済的不始末を許すことが出来なかった有力な檀徒として大いなる人物、金田一家本家の統率者である祖父・金田一直澄や伯父・金田一勝定の名前が浮かび上ってくるのである。

躁うつ病を発病させ易い、躁うつ病と親和性の高い性格として、下田光造は一九五〇年に「執着性格」、テレンバッハは一九六一年に「メランコリー親和型性格」を提唱している。

＊　＊　＊

●下田の執着性格

下田光造は日本の精神医学の研究者として多方面で大きな功績を上げてきているが、その最も重要なものは躁うつ病の病前性格としての執着の提唱である。

下田は、執着性格の特徴として、物事に執着することをあげている。あることがらがいったん起こると、それに伴う感情が冷めることなく持続する。そのためこのような性格の持ち主は、着手したことは何事によらず熱中して、徹底的にやらねば気がすまない。いわゆる凝り性となる。義務、責任感も強い。また率直、律儀なため平素は模範的人物とか、信頼に足る人物とか、真面目な人として周囲から認められることが多い。しかし他人の非を呵責しないなどのために周囲とのトラブルを起こすことも発生してくる。

このような性格の人物が心身の過労状態に一度陥ると、うつ病発症の危機となる。

●テレンバッハのメランコリー親和型性格

テレンバッハはドイツ人でありながら躁うつ病の病前性格としては、日本人的な義理を重視するメランコリー親和型性格を提唱している。

メランコリー親和型性格の特徴として、几帳面さと秩序愛を取り上げている。勤勉、良心的、強い義務感責任感、堅実、などの特徴がある。臨機応変が苦手。中途半端を極端に嫌う。重要なものと重要でないものとの選択が苦手。常に最上のものをめざさなければ気が済まない。

対人関係の特徴として自己は終始一貫して家族あるいは仕事などの人間関係における他者のための存在となる。他者との共生的秩序の中に身を置く。

道徳感情の面で、良心は過度に敏感。人に責められることを極端に恐れ、罪に陥ることに対して激しい不安を持っている。罪の重圧下に自分がおかれることは最大の悩みであるはずなのに、引き受けずにすむような罪まで引き受けてしまい悩む、という奇妙な傾向を持つ。

＊　＊　＊

私の推測では京助の祖父・金田一直澄や伯父・金田一勝定は、躁うつ病を発病してはいないものの、性格としては下田光造の執着性格、テレンバッハの几帳面と秩序愛の性格特徴を身に付けているように思えて仕方がないのである。

この性格の特徴の一つとして、悪や誤りを許さない。それに対する怒りや攻撃性が強烈であり、呵責なく許容性が低い、というところがある。

対月が身内に関わることで公金に手をつけてしまい、それを許さず責任追求の先鋒にたったのが直澄や勝定であったことが推察されるのである。

このことについては京助自身が次のように書き残している。

「結局、四つ家の金田一の孫だということが明瞭した時に、心済しか、興ざめ顔に、厳父（啄木の父・一禎）ははあ！　さようで！　と云いながら、何だか、お母さんと目を見合わせて、ではやっぱり、と云う風な素振りがあった。

私は、何か子細のあることを直観したが、今にその事がはっきりしない。けれども私一人の胸に何か物が挟まっているような、気になるものがあって淋しい」（前掲書）

これは啄木の本郷弓町時代のこと、啄木の父・一禎も野辺地の常光寺から上京して啄木と同居していた時に京助が訪問して一禎と会話した時のエピソードである。このことについて京助はさらに書いている。

「それで若しやあの老僧（対月）に、檀家が騒いだとすれば、祖父は自らその騒ぎ手とはなるまいまでも、ひょっとしたら、頑固党の首領ぐらいには或いはなって、温和派の使いの前に容易にウンと首を堅に振らなかった、などと云うようなことは、あればあり得る人だった。若し老僧が寺を出るについて、老僧側の人の怨嗟を買うべくば、ひとりで怨嗟を背負ってがんばる頑固さがあった祖父である。だから、若しや、何か、四つ家の金田一が聴かないので、という風な、苦い因縁を私の祖父が啄木の祖父へもっていたのではなかったか、という気がするのである。」（前掲書）

京助の祖父・直澄や伯父・勝定らが、啄木の伯父であり父・一禎の師僧である葛腹対月を左遷させるために、大いなる役割を果たし、そのことが遠因となって、父・一禎も似たようなことが原因となって宝徳寺から追放されるのである。そのことから啄木の貧窮が始まるのである。

このことは偶然として考えるのが正確であろう。しかしながら何やら非科学的な因縁めいているようでもある。

5　遺伝と進化

躁うつ病（今では専門的には双極性感情障害と云うが一般読者に判りよくするためにここでは一般名を用いることにする）の発病前の性格を、下田光造の執着性格とテレンバッハのメランコリー親和型性格を一体のものとして代表して執着性格と呼ぶことにする。なお誤解して欲しくないが執着性格の人物が必ず躁うつ病を発病するとは限らない。執着性格の人物はその他の性格の人物に比較して躁うつ病を発病し易い、程度と考えていただきたい。また執着性格は良くない性格ではない。研究者や事業に成功する人の性格はほとんどがこの性格なのである。

なお統合失調症（以前は精神分裂病と呼ばれていた）と比較して躁うつ病は遺伝負因が高いと言われている。もっとも遺伝負因については生物学的遺伝と誤解を招くために遺伝負因と言わずに家族負因と言ったりもしている。私は精神疾患が生物学的にメンデルの法則にのっとったように遺伝するとは考えていないので以後は家族負因という用語を使用する。しかし見かけ上は生物学的遺伝のように見えないこともないのである。

金田一京助の弟一人と妹一人、更には我が子が一人、自殺している。これは遺伝とまで極論することとは反対だが、そこには偶然だけではすまされない理由、因縁浅からぬものが思われてならないのである。

私の推測では京助の一族には執着性格の傾向がかなり濃厚であると考えている。祖父・直澄と伯父・勝定は執着性格のために金田一家の菩提寺である龍谷寺の住職・葛原対月の不正を檀家として許すことが出来なかった。徹底的に責任を糾弾した方の頭であった。寺側はそのため葛原対月を龍谷寺から放逐して島流しのように旧南部藩の北のはずれの野辺地の常光寺に左遷してしまったのである。

なお京助の母・ヤスも父・直澄や兄・勝定に似た執着性格であったことが推察される。しかしヤスは人格全体としての高い力量がそなわっていないために躁うつ病を発病してしまう。そのため他家に嫁にやることが出来ず、代わりに婿を取り実家で引き続き面倒を見ることとなった。

しかしそれでも時々躁とかうつを繰り返すこととなる。病状がはかばかしくない時は育児をすることが出来ずに我が子を里子にださなければならないことになる。

京助も執着性格となる。京助の場合はこの性格は良い方に作用して研究者として名を上げて大学教授までのぼり、さらには文化勲章を授与されるまでに到達して行く。しかし力量の不足していた妹一人と弟一人はやはり執着性格となるのだが自殺の道を選択してしまうのである。また幼少時に三人もの娘を死なしてしまった京助夫婦が、今度こそはと大事に育てた娘・若葉も執着性格となり、弱い人間となり自殺してしまうのである。

執着性格の人は大いに頑張る。しかし力量の足りない執着性格の人は力量以上に頑張り過ぎて病的なまでの「躁」状態となる。そして疲れ切った時に成果を認めることが出来なかった時には、ああこんなに頑張ったのにという反動から、もう駄目だ、と「うつ」に転化する。休んで疲れがとれた時にまた頑張り始める。そのため「躁」と「うつ」を繰り返すことになる。

また執着性格の人は呵責なく人を責めることがある。些細なことでも許せない気持ちが強い。そして他者を許せないうちはまだ良いのだが、自分を許せなくなった時に、自己自身を責めて、自殺という結果を招くこととなる。

次に執着性格が遺伝するのか否かについて考察してみる。私はメンデルの法則にのっとったような生物学的遺伝ではないとの考えである。人の性格は私の考えでは身近に居た人物の性格に似る、あるいは真似る、というものである。特に幼少の時ほどにそれが顕著となる。大きくなってからの性格変化は好きな人の性格に似せるように努力して自己変革に努めるのだが、幼少時の場合はそれが無意識のうちに行われる。そのためそれを変革することは容易ではない。俗に言われる三つ子の魂百まで、である。分かっていても自分の性格を変える、自己変革は容易ではないのである。

身近に居た人物の性格に似るのはそれが最も容易であり自然なことだからであろう。それが恰も生物学的遺伝であるかのように見えてくることもある。しかし全く同じ性格となるわけでもなく人の性格は千差万別でそれが個性となっていく。京助の身内のものが皆自殺している訳ではない。しかしながら他の家系と比較すれば京助の身内に自殺者が多く見受けられる理由もそれなりに了解できないことではないのである。

二、京助の嘘

本論のまえに——啄木の嘘

啄木自身は自分の嘘について『悲しき玩具』で次のよう詠んでいる。

- あの頃はよく嘘を言ひき。
  平気にてよく嘘を言ひき。
  汗が出づるかな。

- もう嘘をいはじと思ひき——
  それは今朝——
  今また一つ嘘をいへるかな。

- 何となく、
  自分を嘘のかたまりの如く思ひて、

目をばつぶれる。

この時の啄木は、それまでの驕慢児、自己中心、天才主義、などから自己反省をして自己変革をなしとげた啄木である。

啄木の「嘘」については別の人物も書き残している。

・いろいろに入り交りたる心より君はたふとし嘘は云へども
・啄木が嘘を云ふ時春かぜに吹かるゝ如くおもひしもわれ
（与謝野晶子）

晶子のこの歌は、啄木の嘘を大言壮語癖による児戯的なあるいは罪の無い夢を見るようなたわいないものとして、暖かい春風のようなものとして、軽く受け流しているようである。

「啄木くらゐ嘘をつく人もなかった。然し、その嘘も彼の天才児らしい誇大的な精気から多くは生まれて来た。今から思ふと上品でもっと無邪気な島田清次郎といふ風の面影もあった。彼は嘘は吐いたが高踏的であった。晶子さんに云はせると『石川さんの嘘を聞いてゐるとまるで春風に吹かれてるやう』であった。

さうした彼がその死ぬ二三年前より嘘をつかなくなった。真実になった。歌となった。おそろしいことである」（北原白秋）

白秋は啄木のそれまでの「嘘」を晶子よりももっと深いところで受け止めているようである。

ところで晶子も白秋もおそらく気付いていない、知らされていない啄木の青年時代ではあるが、悪質な「嘘」がある。

啄木は再度上京して処女詩集『あこがれ』を出版する。そして啄木は一夜にしてスーパーヒーロー、超有名人となり、『あこがれ』は売れに売れて大金（莫大な稿料）を手にする夢を見ていたのだ。しかし現実には『あこがれ』は殆ど売れることなく出版に協力してくれた友人の小田島三兄弟に資金を返すこともままならないこととなる。その上更に実家の宝徳寺では父・一禎が曹洞宗本部に収めるべき上納金を収めなかったために宝徳寺住職を罷免されてしまう。そのため啄木一家は経済的基盤を喪失してしまうことになり、啄木の貧窮生活が開始するのである。そして故郷では、啄木が謎の欠席をしてしまう、友人達が準備してくれていた節子との結婚披露宴が待っていた。

この時啄木は帰郷の途中仙台で謎の失踪をしてしまう。啄木は仙台で十日間ほど滞在して土井晩翠宅を二度ばかり訪れている。そして最後には晩翠が留守の時に晩翠夫人を騙して旅費と仙台滞在中の旅館代などを出費させてしまうのである。

その時のことについては『人間啄木』（伊東圭一郎、岩手日報社）では次のように書かれている。

＊　＊　＊

啄木は仙台駅で田沼さんたちに見送られ、盛岡行の列車に乗ったけれど、これはこんどの調べでわかったことだが、一駅か、二駅で引き返し、また仙台に戻ってきたのだった。どうしてこのような奇怪な行動に出たかというと、彼はてぶらでは盛岡へ帰れなかったのだ。せめて十五円でも二十円でもまとまった金が欲しかったのである。

啄木の「伝記」のなかには、彼は大泉旅館で悠々十日間も滞在し、文学仲間の小林、猪狩さんらと毎日会談したり、土井晩翠へ長詩を作ったり、仙台の東北新聞に寄稿したり、広瀬河畔を散歩したりしていたとあるけれども、この時の啄木は「悠々」どころではなかったようだ。

彼は晩翠を二度ばかり訪問したが、ついに借金のことはいい出せなかった。厳格な晩翠は啄木には苦手だったらしい。そこで、とどの揚句、月末の二十八日に「おっかさん重体だ」という妹の偽せ手紙を同封し「大至急願用」として、土井晩翠へ十五円無心の書状を旅館の番頭に持たせて届けたのであった。

このことについて、晩翠夫人八枝子さん（当時二十七歳）の後日談によると、

「ある夕方、主人が不在で私が入浴中でしたが啄木さんの手紙に『大至急願用』とあるから驚いて開封すると『本日着いた十歳になる妹の手紙を封入しておきますから御覧下されて小生の意中をお察し下さい。旅費のない為に、私にとって大恩ある母の死に目に万一会われぬとでもいう様な事にでもなれば実に千載の憾みです（この千載の憾みの句は特にはっきり覚えています）原稿料の来るまで十五円お立替え願いたい……』と書いてあり、娘さんの手紙は粗末なわら半紙にかたかなの鉛筆書きで二枚いっぱいにお母さんの様子を報じてありました。私は一も二もなく同情してしまい、ちょっとでも早くお金を持っていって今夜の汽車でたたせてあげよう、主人にもあとで話せば必ず賛成してくれると信じきったほど、その手紙は哀れに悲しく書いてありました。それで急いで人力車を呼び大泉旅館に急がせました。そして石川啄木さんの部屋というと女中が直ちに案内してくれました。私は重体のお母さんを案じて机にもたれて、さびしい泣顔でもしておられる様子を胸に描

いておりましたのに、その部屋の光景はあまりに意外でした。二人の学生となにかおもしろそうに話していました。その時の啄木さんのきまり悪そうなろうばいの様子を見て、不快に思いました。私はふに落ちぬながらも金子を渡して、茶の出るのも待たずに帰りました。お母さまの病気のことは毛頭疑いませんから、その夜か翌朝は出立せられることとのみ思っていましたら、翌日の夜八時ごろ旅館の番頭が私方に参り『今石川さんがおたちになります。宿泊料はお宅でお払い下さるとのことですがよろしいですか』といって参りました。『汽車賃といっても二円だから幾分か宿泊料の方へも払えるはずだ不足の分は取りにおいで』といってやりました。翌日宿舎から勘定を取りにきましたが、八円七十銭でした。今と違って電話も懐中電灯もない、そのころは物価も安かったことはこれでもわかりましょう。

……中略……岩手山駅（好摩駅のこと）に下車された時の鉛筆書きの葉書が一枚来たきりで、あとは何の便りもありませんでした。ああ、そうそう申し落としたことは大泉旅館では三、四品のごちそうのうち、私がはっきり目に残っているのは黒いおぜんの右向こう側にとても、色のよい、しびの刺し身がついておりましたね（後略）」

この土井夫人の談話は、昭和十一年の啄木忌（四月十三日）の前、同家を訪問した小林茂雄さんに語ったものであるが、小林さんは「猪狩さんも私も啄木がそのように困っているとは知らず『あこがれ』の稿料が沢山入ったので、おごってもらうつもりで、毎日のようにごちそうになっていたのだ」と述懐されたそうだ。

啄木は小林、猪狩さんらと毎晩ビールを飲んだのも自分の苦しみをまぎらわすためであったろうと思う。このようにして土井夫人をだまして十五円借り、その上に十日間の宿泊料や会食費までも土井夫人に払わせたのだった。

＊　＊　＊

啄木のいろいろの嘘の中でも晩翠夫人をだましたこの嘘が啄木の嘘の中では一番悪質だと私には思われる。啄木が苦し紛れの行為として同情的に見ることも出来るし、原稿料が入ったら後で支払うつもりであったかも知れず、それほど悪質と見なくてもよいのではないか、という意見もあるかも知れない。しかし実際には存在しない十歳の妹（実際の妹・光子はこの時十七歳）までつくり出してのことであるから悪質な詐欺まがいの行為であろうことは間違いのないことである。

啄木愛好者は啄木の頭の先から足の先までの啄木、出生の時から死ぬ時までの、啄木の全てを愛好するようである。しかし啄木は北原白秋が述べているように亡くなる二年ほど前から人格変革に努力して人格を高めて行くが、それまでは鼻持ちならないところも多かった。特に中学時代とその直後はそうであった。土井晩翠夫人を騙したこのエピソードは啄木の人格の最も未成熟な時に発生したものであろう。

1　啄木と京助の因縁

あの温厚そうで誠実そうな、そして学者である京助が嘘をつくなんて想像出来ないかも知れない。

しかしながら京助もけっこうな嘘つきであり、またでっち上げの名人なのである。しかし京助の場合は「嘘」とは言ってもあまり悪質な印象を抱くことは出来ない。むしろお人好しのところから発生して来るからなのであろう。京助の場合は自分の利益や利己心から嘘をつくのではない。それは他者に対してあまりにもお人好しから発生して来る嘘が殆どだからである。

しかしながら嘘はやはり嘘であり、そのことからあまり好ましくない現象が発生して来るのである。

京助の文章で理解困難な文章がある。私が拙著『石川啄木　東海歌の謎』（同時代社）で引用した文章である。

＊　＊　＊

啄木と私との繋りは、私がまだ三歳の頃、父母に連れられてよく御寺詣りに行った時分からで、可笑しい話だが、弟が生まれた為に私は早く乳離れをしたので、寺に参詣する毎に、寺の門に着くや否や誰よりも早く走って行って乳房に似た門の鉄の鋲に触れたという事をその寺の従持であった石川君のお父さまがよく話された。そのお坊様はその後親類に憐れな方があったので寺の財政の中から差し繰りなんかして到々檀徒に知られ、善く寺の為に努力した方であったが、寺を捨てゝ渋民村へと移られた。此の時から私と石川君との因縁は己に結ばれていた。

（「同時代の回想——石川啄木の思ひ出」『明治文学　石川啄木』（坪内祐三・松山巖）収録、築摩書房、二〇〇二年一月二十五日、初出『短歌春秋』昭和九年三月号）

＊　＊　＊

この文章はある程度の啄木研究者でなければ本当のことの理解は出来ない。私はこの文章を初めて読んだ頃はなかなか理解できず、すっかり騙されてしまった。そして騙されたことが判ると異常に腹が立つものである。今ではこの文章を騙されることなく理解出来るようになっている。

京助が三歳の頃、啄木はまだ母・カツの腹の中にいたかも知れないが、この世の人ではない。京助が行ったお寺とは盛岡の龍谷寺であり、寺の従持とは啄木の父・一禎ではなく、伯父・対月のことであろう。「寺を捨てて渋民村へと移られた」は処分として青森県野辺地の常光寺へ流罪の如く移られた、と解釈すれば実際のことと一致する。

京助は何故に、対月と一禎を混同したり、盛岡の龍谷寺や日戸村の常光寺や渋民村の宝徳寺とを混同してしまうようなことを書き残したのか、の理由が理解出来ない。

京助のこの文章（初出昭和九年『短歌春秋』三月号）は、あまりにその内容に矛盾があるためと思われるが、岩城之徳はこれを無視して『石川啄木』（「金田一京助全集」十三巻、岩城之徳が編集担当）には掲載していない。

京助が何故このような事実と異なる文章を書いたのかの理由はわからない。私の推測では次のようなものとなる。

京助三歳の時に啄木との因縁が結ばれていた内容が、本当はあまり好ましい内容ではなかったことを隠蔽するための、誤魔化すためのもの、というものである。この文章の趣旨は京助と啄木は京助が三歳の時、啄木が生まれる前から既に結ばれていた、というものである。

実際の因縁は、京助の祖父と伯父は龍谷寺の有力な檀徒であり、対月の金銭的放漫を厳しく責任追求して、対月を青森の野辺地へ追いやってしまった当事者だった、という因縁である。そのことが関係しているかどうかは疑問のあるところかも知れないが、その後一禎も金銭問題のために寺を追われるのであり、啄木の一生つきまとった貧窮の根本原因となっているのである。啄木と京助の因縁はあまり好ましい因縁ではないのである。

しかし昭和九年のこの時点では、京助は啄木との悪い因縁は否定したかったことであろうことが推察される。

この時の京助は五十五歳頃で知的には最も充実していた時期であるから記憶違いなどによる記述の間違いではない。事実その頃書かれた他の文章では間違いを見つけることは出来ない。また、「同時代の回想——石川啄木の思ひ出」の他の部分では不可解なことは書いていない。つまり京助の意図的意識的な取り計らいのように私には思えるのである。

2　啄木の思想転回

京助の主張によれば、啄木は亡くなる少し前に杖をひきながら京助のところを訪れて、京助に喋ったことを取り上げ「啄木は社会主義の思想を転回してしまった」とのことである。「啄木逝いて七年—石川君最後の来訪の追憶—」（大正八年四月十二日、『時事新報』）

このことは後の思想家としての啄木を理解する上で大問題として取り上げられることとなる。このことについて昭和三十六年〜七年にかけて岩城之徳と金田一京助の大論争となるのである。いわゆる六〇年安保闘争の余韻が色濃く残っていた頃のことである。

このことについて岩城之徳は、啄木が思想を転回したということは京助の主張以外にそれを証明する文献資料は見当たらない。さらに啄木と京助の友情の経過で、友人関係が希薄となっていた時期に啄木が京助を訪れた、ということは不自然であり、そのことを証明するものが、京助の言辞以外に立証するものがない、などと主張する。

それに対して京助は「嘘つき呼ばわりされた」ことが我慢ならんと立腹してしまう。温和な性格と言われている京助が怒りを露にして興奮気味に書いている。

「最終期の啄木—啄木研究家の怠慢、報告者の無識—」
「啄木最後の来訪の意義—岩城之徳君の強弁にあきれる—」
「知らぬことを想像するな—岩城之徳氏への忠言—」

論文の題名を見ただけでも如何に京助が怒っているかが了解出来る。

しかしこの論争では後に近藤典彦氏によっても京助説は完全に否定されて「京助の記憶変容の産物」と言われている。

私は京助の主張した時期、大正八年（一九一九年）四月十二日に注目したい。前年の大正七年は第一次世界大戦が終結した年である。日本は戦禍にまみえることなく戦勝国となり国力が増大化して行く時期である。同時に帝国主義的に諸外国、特にそれまでの日韓併合に飽き足らずに大陸への侵略を画策する時期に入ってくる。

またその二年前の大正六年にはロシアの二月革命、十月革命が起こり、我が国では労働争議の急増（前年の一〇八件八、四一三人～三九八件五七、三〇九人）や大正七年の富山で始まった米騒動が起こって全国への波及が見られる年である。

そして京助の私生活ではアイヌ人の協力者（神成マツ、知里幸恵など）が現れてアイヌの研究がいよいよ軌道に乗って来た時期である。

京助の置かれた立場は言わば保守的ないわゆる大学アカデミズムの立場であり、啄木の思想、社会変革とか革命とは相いれない立場である。日本はそれ以後社会変革とか社会革命を云々するような思想の蔓延に対しては弾圧を開始し始めようと画策していた時期である。

京助はそのような政治情勢の下で、啄木を叙情詩人としては認めていても、革命的な思想家としての啄木を認めたくなかったのであろう。京助の「啄木逝いて七年―石川君最後の来訪の追憶―」は京助のでっち上げとしか思われない。

戦後の昭和三十六年に入り、前述のごとくこの問題について京助と岩城之徳の間で大論争が巻き起こるのであるが、大方の見方では岩城之徳に軍配が上がって決着しているようである。京助は自説をひるがえしたわけではないが、岩城之徳に反論出来なくなってしまうのである。

なお、京助が社会変革とか革命とか政治イデオロギーについて、どのような思想を抱いていたか!!を検討してみよう。

京助の息子・金田一春彦の著書『父京助を語る』（教育出版）によれば、父・京助は天皇に対しては感激の涙にむせぶような天皇崇拝主義者である。天皇主宰の食事会に招かれても感激の涙で何を食べたかわからないような人物である。

終戦直後の昭和二十一年の新春『朝日新聞』紙上に、
・　大君のまけのまにまに国民の
　　　ふたたび国を起こさざらめや
という歌にはじまる一連の短歌を発表して、轟々たる論議を巻き起こしている。

また終戦直前まで日本の敗戦を信ずることなく、最後は竹槍で敵を迎え撃つ覚悟をしていたという。戦後アメリカ占領軍は「日本人の精神年齢は十二歳程度」と言って日本人を小馬鹿にしたことがあるが、竹槍云々では、そう思われても仕方がない。

啄木は釧路時代の明治四十一年二月十一日（この日は戦前迄紀元節と言われていた）日記に次のようなことを書いている。

「今日は大和民族といふ好戦種族が、九州から東の方大和に都していた蝦夷民族を侵略して勝を制し、遂に日本嶋の中央を制して、其酋長が帝位に即き、神武天皇と名告った記念の日だ」

あの時代に到達していた啄木の科学的歴史観に基づく思想と京助の思想とではあまりにも違い過ぎるではないか。また昭和三十五年当時、戦後最大の反体制闘争だった安保闘争に対する京助の思想を示す歌も残されている。
・　無期限に期限を附せし新安保がなぜわるきかをば国民に説かず
・　新安保を軍事同盟と強弁し若人を駆りて暴動に煽る
・　反対のための反対ことさらに事実を曲げて反対党を責む

・代議士が議席を棄てて暴力の先導に立つ可なるを知らず

昭和三十五年（一九六〇年）の安保闘争当時の京助は、共産党や当時の社会党の安保闘争を批判する立場にいて、保守的体制維持派だったことがよく理解出来る歌である。

これらのことによっても京助が啄木の社会変革や革命の思想を認めようとしなかったことがよくわかる。

3 「啄木末期の苦杯」の嘘

「啄木末期の苦杯」とは京助が郁雨の名誉を守るため書いた小論の題名である。昭和二十二年四月十三日、四国丸亀に於ける啄木三十五年忌の座談会で、啄木の妹・光子の夫である三浦清一がいわゆる光子の晩節問題を発言し、その内容が翌日の『毎日新聞』で「妻に愛人があった。悩みつつ死んだ啄木」という三段抜きの記事でセンセーショナルに報道される。その時は、節子の相手は啄木の親友で北の詩人とだけ表現されていたが、それに対して京助が『婦人公論』に、北の詩人とは宮崎郁雨のことであるが「郁雨はそんなことをする人間ではない」と郁雨の名誉を守る立場で書いた小論が「啄木末期の苦杯」である。

この小論は郁雨を守る立場から書かれたものであるが、どういうわけかでっち上げの嘘が混じっており、そのために郁雨を批判する側から悪用されたりする小論となっているのである。

その部分を抜き書きしてみる。郁雨が東京の啄木の下へ函館から母と妻子を送って行ってしばらく東京に滞在した時のエピソードである。

＊　＊　＊

そのうち、或る日、節子夫人が、啄木・郁雨氏・私の三人を、上野辺へ折からの新緑の好天気を利して散歩に出かけるよう勧められたことがある。私は洋服を着ていたからすぐ出かけられるので、煙草をふかしながら二人の支度をするのをまっていた。

二人は帯を締め直して立った。その背中へ、衣紋竹の羽織を取って掛けてやる節子夫人の極めて自然に、少しの隔ても、何の心置きもなく、同じような語気で話しかけながら掛けてやれば、掛けられる方も、同じように受けて、「此れはどうも」とか、「済みません」と言うでもなし、全く家族的になっている郁雨氏を眺めて、私はほほえましい心持で見ていたものだった。

この滞在中に、恐らく、啄木や節子さんの同意を得て、帰りにも、独り身の身軽な郁雨氏が、また盛岡へ下車して堀合氏方へ寄り、そして節子夫人の令妹との話が取極められたかのように私が聞いている。即ち今の郁雨氏夫人である。

郁雨氏が帰って、幾日も経たない頃、啄木が私の下宿へ来て、色々話しているうち、ふと妙なことを私へ問うた。それは、「変なことだが、なんだか郁雨君に対して、節子夫人のやりように少し嫉妬を感じますよ」と告白して、自分で、「どうもおかしい。私は並はずれた焼き餅焼きでしょうか、率直に、思うまま言って下さい」と頭を掻き掻き、そう云った。そして二人は一緒に笑ったが、「ムム！　そう云えばね」と前置きして、私も先日のことを話し、「あの時、二人の背中へ羽織をかけてあげる様を見ながら、ひょっと、若しこの瞬間に、知らない人が来合わせたら、どっちを御主人だと思ったろう、とほほえましく見ていましたよ。実は」

そう答えたら、啄木は、安心したように、会心の笑いをたたえて「ありがとう！　いや第三者が見てそう思うほどなら、私がそうそう異常なやきもちやでも無かったんですね」と言って、寧ろ喜んだのだった。

「どっちが御主人？」という私の言葉は「まあ言って見れば、それほど親しそう」ということの誇張的な表現だった。一つのイディオムで、私は、母などが何かの折にそう言ったのが耳の底にあって、たまたまそんな表現をしたものだった。これが後になって、啄木の記憶によみがえって疑いを裏附ける一支柱となりはしなかったろうかと悔いられる。

以上は京助が書いた「啄木末期の苦杯」からの抜粋である。

＊　＊　＊

・戯作者は吾に持て行かぬ啄木の質屋の倉の羽織など着す

阿部たつをは『新編啄木と郁雨』（洋洋社）で郁雨のこの歌を紹介して次のように述べている。

ある人が婦人雑誌に、そんな事実があったとは思えないが、宮崎君と節子夫人と仲がよいことは、宮崎君が啄木の家族を送って上京した頃、自分が訪ねたら、外出する宮崎君に節子夫人がうしろから羽織を着せかける仕草が、自分の夫に対するように見えた程だった。と書かれたそうで、宮崎さんはそれについて、啄木の家族を送って上京した時は、洋服を着て行ったので、羽織など着せかけて貰う筈もないし、啄木の羽織を借りようにも、その頃一枚しかない羽織は質屋に入っていて家にはなかった筈だ。と云って居られたから、その事を歌ったものであろう。

＊　＊　＊

「ある人」とはもちろん京助のことであり婦人雑誌とは『婦人公論』のことである。郁雨から見れば京助は真実を語らない戯作者なのである。京助のことを書いたのかどうか意図は明らかではないが郁雨の次のような文章もある。

「誤信や誤認は仮令それが好意に出て善意に立つものであっても、極めて稀な場合以外は決して有り難いものではない。それは人の心の平安を掻き乱す」(『函館の砂』)

なお、後になって石井勉次郎は郁雨を陥れるために京助のこの小論を最大限利用する。勘の鋭い啄木がこの時の状況で節子と郁雨のただならない関係を察知したであろう、と推測し、郁雨と節子の不倫論立証に利用するのである。

それは京助の思いもよらなかった展開であるが、郁雨の述べているごとく、でっち上げや虚偽の記載は良からぬものとしての役割を果たすことが多いようである。

京助が郁雨の名誉を守る目的の文書で何故こんなことを書いたのか、その意図がよくわからないが、私の推測は以下のようなものである。

甘いアンコや汁粉には甘味を出すために砂糖を使うだけではなく少量の塩を混ぜる。そのことによってただ甘ったるいだけでなく甘味に酷が出るのである。京助は郁雨の名誉を守るつもりで書いた文書に酷を出す塩のつもりで、かえって郁雨の不利となるようなことを書いてしまったようである。

なお同じような発想は全く逆の立場なのであるが、郁雨を罵倒し陥れるための石井勉次郎の文書にも見られるのが面白い。阿部たつをの紹介によれば、石井勉次郎は「啄木に於ける宮崎郁雨の位置」(『大阪産業大学紀要』第十一号、昭和四十一年三月刊)に以下の如く書いている。

「以下わたしの伝えるところは、正確なる丸谷氏談話の概要報告であって、いささかの主観も歪曲も加えられていない」

「丸谷氏は、三浦光子氏の『兄啄木の思い出』第三部に、『啄木と私』といふ小文を寄稿している。それによって節子夫人不貞説に同意であるごとく世間から見られるのは失敗であった、と先ず氏はそのことに触れ、『宮崎はそんなことのできる男ではない』と語ったのが糸口であった。しかし――」

石井勉次郎は節子郁雨不倫論者であるから、この部分を既述した後に、「しかし――」以下で自論を展開しているのであろう。しかし石井勉次郎はこの部分は自論の主張には不利と考えてのことと思われるが石井勉次郎の一般向け著書『私伝石川啄木続暗い淵』ではこの部分を割愛隠蔽している。元の文書には書かれていることを阿部たつをによって『新編啄木と郁雨』(洋洋社)で暴露紹介されているのである。

石井勉次郎は後になってこの文章は自論に有利に酷が出るものとは判断しなかったのであろう。京助と比較してその狡猾さが顕著というべきである。それでも一度活字となって公表してしまったものだから阿部たつをによって暴露されてしまったのである。

4　啄木の終焉

以下のことがらを京助の嘘として非難糾弾するのはいささか酷であるかも知れないが、関係者である土岐哀果（以下哀果）や石川正雄（以下正雄）にとってはあまり愉快でないことのようである。

①『悲しき玩具』出版状況

哀果は「『記憶』と『記録』について」（『回想の石川啄木』岩城之徳編、八木書店）で京助を次のような内容で批判的に論じている。

京助は「枕もとにあった一握の砂以後という原稿を牧水が持っていって、土岐善麿さんに頼み、土岐さんはそれを本屋に持っていって……」と書いている。哀果に言わせればそれは京助の「記憶」であって実際の「記録」ではない、とのことである。

実際は「死の四五日前、啄木の伝言を牧水から聞いたぼくは、さっそく東雲堂へ行って、いやおうなしに話をまとめ、とりあえずうけとった二十円を懐にして、すぐ啄木のところへ持っていったのである。その時啄木は、枕もとにいた夫人の節子さんに、『おい、そこのノートをとってくれ、――その陰気な』といって、ところどころひらいてから、『万事よろしくたのむ』と、ラシャ紙で手製の表紙をつけたそのノートをぼくにわたしたのである。」と『悲しき玩具』初版に哀果が記録した小文が真実のようである。

京助は実際に見ていないことをさもさも事実のように、ノートが啄木から牧水、牧水から哀果、哀果から出版社へと渡ったように書いているのである。実際は啄木から直接哀果に渡されているのである。

② 啄木の臨終について

京助は啄木の臨終について次のように書いている。

「瀕死の石川君はすべてを包容し、妻にも子供にも、生そのものにもさえ執せず、従容として大往生を遂げたのは、いつも頭がさがるのである」

「家に儋石の蓄あるなく、あるものは、頑是ない六歳の児女と、臨月の病妻とのみ。而かも彼は、何のこだわりもなく、従容として極めて静かに、気嫌よく、牧水と雑誌の話などしながら、瞑目したのである。われわれ凡庸の出来る臨終ではない。これを偉大な死といわずして何といえよう」(「啄木の終焉」)

このような書き方について石川正雄は批判的に論じている。

「つまりその臨終は悟道に徹した禅僧のような大往生だったとして、読者に異様な感銘を与えている。だがこれは常人の容易に達しうる境地ではない。血縁外で啄木の臨終に居合わせたのは、若山牧水一人で、金田一氏はその一、二時間前に迎えられたが、勤めのつごうでまもなく帰った。だが臨終近い啄木を知っているので、この話は啄木伝の最後を飾るものとして多くの人に信じられている」

しかし正雄は実際の臨終は、節子が書いた光子宛の手紙に啄木終焉のことが書かれて居ることを取り上げている。「死ぬ事はもうかくごして居ましても生きたいという念は充分ありました。いちごのジャムを食べましてね――。あまりあまいから田舎に住んで自分で作ってもっとよくこしらへようね等と云ひますのでこう云うことを云われますとただただ私なきなき致しましたよ」と、その内容を紹介しながらそんなに悟りきった人物の大往生ではなく、生きることに未練をもっての悲惨極まりないものであった、きれいごとに片づけられるものではなかったことを主張している。

京助の書き方は、事実よりも演技的に芝居っ気が多く、事実よりその分だけかけ離れているように思われるのである。京助の場合、利益誘導とか悪意ではないのでそれだけ罪深い印象はないのであるが、読者はやはり注意して読まなければならないことになるのである。

5　出版物の嘘

国語学者として文化勲章まで授与されて功なり名遂げた後の京助ではあるが、やはり嘘が付いてまわる。

京助くらいに有名になれば金田一京助編集とか金田一京助監修と銘打てば、その名前だけでその書籍が売れる、ネームバリューがあるのである。息子の春彦に言わせれば、京助は京助の名前を頼ってくる人物に対して極めて甘い態度であったとのことである。京助にとってはそれは人助けのつもりであったらしい。そのことによって京助が余分な収益を得たことはない、とのことであるが、狡猾な業者などにいいように利用されていたという。そのため京助が係わった辞書などの書籍は玉石混交で利用者はそれを見抜かねばならないが、一般利用者は買ってしまってからでは詐欺にあったようなものであろう。

京助はそのことに対してあまり罪の意識はなかったようである。むしろ息子の春彦の方が罪の意識を持っていたことが窺われる。

京助の息子・春彦は『父京助を語る』（教育出版株式会社）で次のように書いている。

＊　＊　＊

卒業生がいい加減な辞書の原稿を書き、先生の監修という銘を打てば、困っている私の妻子が飢えずにすみますと言えば、その内容にお構いなしに即座に名を貸し与えた。時には、正体の不明な出版社が卒業生の案内でやって来た時にも、報酬の約束も何もせずに編修という名を貸したこともあった。

そんなわけで、金田一京助という名のついた辞書はまことに玉石混淆——というよりも、よいものは実は少ない。中には三省堂の『明解国語辞典』のように京助の生活の大きな支えとなったものもあるが、中には恐らく死ぬまでその存在さえも知らず、一文の報酬ももらわないで、名前だけ出しているものもあったに違いない。

これでは、世間様を欺くことになり、いけないじゃありませんか、と私はたびたび諫言を試みたが、いや、自分はおまえと違って、お金をとるためにやっているのではない、困っている人を助けるためにやっているのだと頑張って、どうにもならなかった。

＊　＊　＊

これでは啄木の伯父（母・カツの兄）葛原対月のように、寺の公金を困っている人にやり繰りして面倒をみたことと大差がない。困っている人を助ける、人助けではあるが、対月は処分されて盛岡の名刹龍谷寺から青森の田舎（旧南部藩の北のはずれ）の野辺地の常光寺に左遷されているのである。

私は時々ゴーストライターの存在を耳にすることがある。光子の著書も光子の口述を穎田島一二郎が筆記したものである。劇作家や小説家で、名前が売れる前の修行時代には自分の名前では売れないので、著名な師匠に当たる人物の名前で公表することもあるやに聞いている。

私はこのようなことは文筆をもって文化に寄与する者としては堕落だと思うのだが、私の感覚があまりに生真面目すぎて柔軟性に欠けるのであろうか。

以上、京助の嘘を五種類上げてみたが読者はどのような感想を持つであろうか？　それにしても、「其処に杖に掴まって立っている人は石川君と云うよりは石川君の幽霊のようであった。其程面窶していたに係わらず気分は極めて軽そうに『やあ』と云ってにこにこしていた。中二階の私の室へ通って座った時には少し息切がしていた様であったが、目慣がしたのか非常に晴やかな石川君に見えていた」（「啄木逝いて七年―石川君最後の来訪の追憶―」）とか「その背中へ、衣紋竹の羽織を取って掛けてやる節子夫人の極めて自然に、少しの隔ても、何の心置きもなく、同じような語気で話しかけがら掛けてやれば、掛けられる方も、同じように受けて、『此れはどうも』とか、『済みません』と言うでもなし、全く家族的になっている郁雨氏を眺めて、私はほほえましい心持で見ていたものだった」（「啄木末期の苦杯」）などの文章を読むと、とてもでっち上げの文章とは思えないほどのリアル性に富んだ文章である。

三省堂の『金田一京助全集』には掲載されていないが、京助が金田一花明の名で書いた短編小説がある。啄木が盛岡で新婚時代を過ごしていたころ、啄木主幹の一号雑誌『小天地』（明治三十八年九月五日発行）に、京助の幼少時の体験に基づいて書いた「幻境」がそれである。

京助も啄木に劣らず創造力豊で、もしも小説家にしたら一流の小説家になっていたかも知れない。

終章

京助は啄木とは正反対の思想であった。それでは何故京助は啄木に惹かれるところがあったのであろうか。それは思想以前のもっと人間存在としての根源的なところに要因があるからであろう。私の所感では、啄木は出生の不条理に対しての闘いの人生であった。懸命に闘わなければ、翼を切られた鳥のようにしか生きていけなかった。

・生まれにし日にまず翼きられたるわれは日も夜も青空を戀ふ

そして啄木の闘いは、親に対して、寺に対して、更には社会に対して、そして最終的には国家というものに対して、というものに発展して行く。

・汝が痩せしからだはすべて
謀叛気のかたまりなりと
いはれてしこと

京助の場合は出生の不条理といえるものはなかった。しかし養育の不条理があったことが啄木と共通している。京助は実母の愛情に恵まれず乳幼児時期は里子にだされている。しかし京助の場合はその不条理とは闘うことをしていない。啄木のように闘うことはせずに、表向きは妥協したかのように見えて実は、粘り強く我慢強く、忍耐強さでその不条理を克服していくのである。

しかし京助だって内心では啄木のように我慢せずに派手に闘いたかったであろう。闘う啄木に対する憧憬が京助の啄木観であろう。しかしそれは無意識なので京助はそれを言葉や文章に書き表すことは出来ない。したがって理屈抜きの「どうしたって『憎めない人』でした。私の彼に対する気持ちは生涯これでした。」（前掲書）となるのであろう。

そして京助は啄木とは異なった方法で闘うのである。それは表面的には啄木のように派手な闘い方ではない。執念深く、粘り強く、表面的には柔和に見えるのだが内実では自説を絶対に曲げない強さを維持して闘うのである。

ここに啄木とはまた異質の京助の「強さと凄さ」を私は見るのである。

陰謀捏造の名人

——それでも嘘は暴かれる

はじめに

以下の一～三までの文章は私が書いたものではない。啄木研究家ならばどなたも読んでいる文献ばかりである。私のオリジナルは四と五だけである。であるから啄木研究家を自認する読者ならば四と五だけを読んでいただければ充分なのであるが、一般読者の理解を得るためには、どうしても始めに記載しておきたい文章から始めることとする。

一、啄木が野口雨情について書いたもの

（野口雨情と関係のない部分は割愛している）

1　啄木日記より

明治四十年九月二十三日
夜小國君の宿にて野口雨情君と初めて逢へり。温厚にして丁寧、色青くして髯黒く、見るからに内気なる人なり。共に大に鮪のサシミをつついて飲む。嘗て小國君より話がありたる小樽日報社に転ずるの件確定。月二十円にて遊軍たることと成れり。函館を去りて僅かに一旬、予は又茲に札幌を去らむとす。凡ては自然の力なり。小樽日報は北海事業家中の麒麟児山県勇三郎氏が新たに起すものにして、初号は十月十五日発行すべく、来る一日に編輯会議を開くべしと。野口君も共にゆくべく、小國君も数日の後北門を辞して来り合する約なり。

小國君は初め向井君より頼まれて予を北門新報社に紹介入社せしめたる人なり。今更に予と共に小

樽にゆかむとす。意気投合とは此事なるべし。

明治四十年九月二十四日

朝小樽なるせつ子へ来札見合すべき電報を打てり。

明治四十年九月二十七日

午前北門社にゆき、村上社長に逢ひて退社の事を確定し、編輯局に暇乞す。帰途野口君を訪へるに、小樽日報主筆たる岩泉江東に対し大に不満あるものの如し、

明治四十年十月一日

朝野口雨情君の来り訪るゝあり。相携へて社にゆき、白石社長及び社の金主山県勇三郎氏の令弟中村定三郎氏に逢へり。編輯会議を開く。予最も弁じたり。列席したる者白石社長、岩泉主筆、野口君、佐田君、宮下君（札幌支社）金子君、野田君、西村君と予也。予は野口君と共に三面を受け持つ事となれり。

明治四十年十月三日

社よりの帰途、野口君佐田君西村君を伴ひ来りて豚汁をつつき、さゝやかなる晩餐を共にしたり。西村君は遂に我党の士にあらず、幸に早く帰りたれば、三人鼎坐して十一時迄語りぬ。野口君と予との交情は既に十年の友の如し。遠からず共に一雑誌を経営せむことを相談したり。

明治四十年十月五日

帰りは野口君を携へて来り、共に豚汁を啜り、八時半より程近き佐田君を訪ねて小樽に来て初めての蕎麦をおごられ、一時再び野口君をつれて来て同じ床の中に雑魚寝す。

社の岩泉江東を目して予等は「局長」と呼べり。社の編輯用文庫に「編輯局長文庫」と記せる故なり。局長は全科三犯なりといふ話出で、話は話を生んで、遂に予等は局長に服する能はざる事を決議せり。予等は早晩彼を追ひて以て社を共和政治の下に置かむ。

野口君より詳しく身の上話をきゝぬ。嘗って戦役中、五十万金を献じて男爵たらむとして以来、失敗また失敗、一度は樺太に流浪して具さに死生の苦辛を嘗めたりとか。彼は其風采の温順にして何人の前にも頭を低くするに似合はぬ隠謀の子なり。自ら曰く、予は善事をなす能はざれども悪事のためには如何なる計画も成しうるなりと。時代が生める危険の児なれども、其趣味を同じうし社会に反逆するが故にまた我党の士なり哉。

明治四十年十月九日

夜、兄を訪ねて帰り来れば野口君来る。園田君と三人にて相語る。此日野口君の語る所によれば、白石社長は大に我等に肩を持ち居り、又岩泉局長も予の為めに報ゆる所を多からしめむとすと言明せる由、社に於ける予の地位は好望なり、遠からずして二面に廻るべし。……中略……野口君と園田君は枕を並べて雑魚寝したり。

明治四十年十月十三日

野口君の移転に行きて手伝ふ。野口君の妻君の不躾と同君の不見識に一驚を喫し、憫然の情に不堪。

明治四十年十月十六日

此頃予が寓は集会所の如くなり、今日も佐田君西村君金子君来り、野口君来り、隣室の天口堂主人来る。何故か予が家は函館にても常に友人の中心となるなり。

この日一大事を発見したり、そは予等本日に至る迄岩泉主筆に対し不快の感をなし、これが排斥運動を内密に試みつつありき、然れどもこれ一に野口君の使嗾によれる者、彼の「詩人」野口は予等を甘言を以て抱き込み、密かに予等と主筆とを離間し、己れその中間に立ちて以て予らを売り、己れ一人うまき餌を貪らむとしたる形跡歴然たるに至りぬ、予と佐田君と西村君と三人は大に憤れり、咄、彼何者ぞ、噫彼の低頭と甘言とは何人をか欺かざらむ、予は彼に欺かれたるを知りて今怒髪天を衝かむとす、彼は其悪詩を持ちて先輩の間に手を擦り、其助けによりて多少の名を贏ち得たる文壇の奸児なりき、而して今や我らを売って一人欲を充たさむとす、「詩人」とは抑々何ぞや、

今日より六日間休み。

明治四十年十月十七日

夜八時迄に居たり、佐田西村、金子野口の四名と談ず、〔野口は愈々悪むべし〕

明治四十年十月十八日

午後野口君他の諸君に伴はれて来り謝罪したり。其状愍むに堪へたり、許すことにす。

明治四十年十月二十二日

三日が間はこれといふ為すこともなく過ぎぬ。社は暗闘のうちにあり、野口君は謹慎の状あらはる。

明治四十年十月三十日

主筆此日予を別室に呼び、俸給二十五円とする事及び、明後日より三面を独立させて予に帳面を持

たせる事を云ひ、野口君の件を談れり。

野口君は悪しきに非ざりき、主筆の権謀のみ。

明治四十年十月三十一日
野口君遂に退社す。主筆に売られたるなり。

（啄木日記が公表されたのは戦後昭和二十三年〜四年『石川啄木日記』Ⅰ、Ⅱ、Ⅲ、石川正雄編、世界評論社刊）

2　悲しき思ひ出——野口雨情君の北海道時代

本年（明治四十一年）四月十四日、北海道小樽で逢ったのが、野口君と予との最後の會合となった。其時野口君は、明日小樽を引拂って札幌に行き、月の末頃には必ず。歸京の途に就くとの事で、大分元気がよかった。恰度予も同じ決心をしてゐた時だから、成るべくは函館で待合して、相携へて津軽海峡を渡らうと約束して別れた。不幸にして其約束は約束だけに止まり、予は同月の二十五日、一人函館を去って海路から上京したのである。

其野口君が札幌で客死したと、九月十九日の讀賣新聞で讀んだ時、予の心は奈何であったらう。知る人の訃音に接して悲まぬ人はない。邉土の秋に客死したとあっては猶更の事。若し夫野口君に至っては、予の最近の閲歴と密接な関係のあった人だけに、予の悲しみも亦深からざるを得ない。其日は、古日記などを繙いて色々と故人の上を忍びながら、黯然として黄昏に及んだ。

野口君と予との交情は、敢て深かったとは言へないかも知れぬ。初めて逢ったのが昨年の九月二十三日、今日（二十二日）で恰度満一ヶ年に過ぎぬのだ。然し又、文壇の中央から離れ、幾多の親しい人達と別れて、北海の山河に漂泊した一年有半のうちの、或一時期に於ける野口君の動静を、最もよく知ってゐるのは、予の外に無いかとも思ふ。されば、故人を知ってゐた人々にそれを傳へるのは、今日となっては強ち無用の事でもない。故人の口から最も親しき人の一人として聞いてゐた人見氏の言に應じて、予一個の追悼の情を盡す旁々、此悲しき思出を書綴ることにしたのは其為だ。

予は昨年五月の初め、故山の花を後にして飄然北海の客となった。同じ頃野口君が札幌の北鳴新聞に行かれた事を、函館で或雑誌を讀んで知っていたが、其頃は唯同君の二三の作物と名を記してゐただけの事。八月二十五日の夜が例の大火、予の假寓は危いところで類焼の厄を免れたものの、結果は同じ事で、其為に函館では喰へぬことになって、九月十三日に焼跡を見捨てて翌日札幌に着いた。

札幌には新聞が三つ。第一は北海タイムス、第二は北門新報、第三は野口君の居られた北鳴新聞、發行紙数は、タイムスは一萬以上、北門は六千、北鳴は八九百（?）、といふ噂であったが、予は北門の校正子として住み込んだのだ。當時野口君の新聞は休刊中であった。（此新聞は其儘休刊が續いて、十二月になって北海道新聞と改題して出たが、間もなく復休刊。今は出てるか怎うか知らぬ。）

予を北門に世話してくれたのは、同社の硬派記者小國露堂といふ予と同県の人、今は釧路新聞の編輯長をしてゐる。此人が予の入社した五日目に来て、「今度小樽に新らしい新聞が出来る。其方へ行く気はないか。」と言ふ。よし行かうといふ事になって、色々秘密相談が成立った。其新聞には野口雨情君も行くのだと小國君が言ふ。「甚麼人だい。」と訊くと、「一二度逢ったが、至極穏和い丁寧な人だ。」と言ふ。予は然し、實のところ其言を信じなかった。何故といふ事もないが、予は新體詩を作る人と聞くと、怎やら屹度自分の虫の好かぬ人に違ひないといふ様な氣がする。但し逢ってみると、大抵の場合予の豫想が見ン事はづれる。野口君の際もそれで、同月二十三日の晩、北一條西十丁目幸榮館なる小國君の室で初めて會した時は、生来體にならはぬ疎狂の予は少なからず狼狽した程であった。気障りも厭味もない、言語から擧動から、穏和いづくめ、丁寧づくめ、謙遜づくめ。デスと言はずにゴアンスと言って、其度些と頭を下げるといった風。風采は餘り揚ってゐなかった。イをエと発音し、ガ行の濁音を鼻にかけて言ふ訛が耳についた。小樽行の話が確定して、鮪の刺身をつつき乍ら俗謡の話などが出た。酒は猪口で二つ許り飲まれた様であった。予は三つ飲んで赤くなる。小國君も下戸。モ一人野口君と同伴して来た某君（此人は後日まで故人と或る密接な関係のあった人だ。）病後だとか言って矢張あまり飲まなかった。此某君は野口君と總ての點に於て正反對な性格の人であるが、初め二人が室に入って来た時、予は人違ひをして、「これが野口か。」と腹の中で失望して肩を聳かした事を記憶している。十二時頃に伴立って歸ったが、予は最早野口君を好い人だと思って了った。其後一度同君の宅を訪問した時は、小樽の新聞の主筆になるといふ某氏の事に就いて、或不平があって非常に憤慨してゐた。「事によったら断然小樽行を罷めるかも知れぬ。」と言ふ。予は腹の中で「其麼事はない。」と信じ乍ら、これは面白い人だと思った。予は年が若いから、憤慨したり激語したりする人を好きなのだ。

予と札幌との關係は僅か二週間で終を告げた。二十七日に予先づ小樽に入り、三十日に野口君も来て、十月一日は小樽日報の第一回編輯會議。此新聞は、企業家としては随分名の知れてゐる山縣勇三郎氏が社主、其令弟で小樽にゐる、これも敏腕の聞え高き中村定三郎氏が社主を代表して、社長は時の道會議員なる老巧なる政客白石義郎氏（今年根室郡部から出て代議士となった。）編輯は主筆以下八名。初號は十五日に出す事、主筆が當分總編輯をやる事、其他巨細議決して、三面の受持は野口君と予と、モ一人外交専門の西村君と決まった。

此會議が濟んで、社主の招待で或洋食店に行く途中、時は夕方、名高い小樽の悪路を肩を並べて歩き乍ら、野口君と予は主筆排斥の隱謀を企てたのだ。編輯の連中が初對面の挨拶をした許りの日、誰が甚麼人やらも知らぬのに、随分亂暴な話で、主筆の事も、野口君は以前から知って居られたが予に至っては初めて逢って會議の際に多少議論しただけの事。若し何等かの不滿があるとすれば、其主筆の眉が濃くて、予の大嫌ひな毛虫によく似てゐた位のもの。

此隱謀は、野口君の北海道時代の唯一の波瀾であり、且つは予の同君に關する思出の最も重要な部分であるのだが、何分事が餘り新らしく、關係者が皆東京小樽札幌の間に現存してゐるので、遺憾ながら詳しく書く事が出来ない。最初「彼奴何とかしようぢゃありませんか。」といふ様な話で起った此隱謀は、二三日の中に立派（?）な理由が三つも四つも出来た。其理由も書く事が出来ない。兎角して二人の密議が着々進んで、四日目あたりになると、編輯局に多数を制するだけの味方も得た。サテ其目的はといふと、我々二人の外にモ一人硬派の〇田君と都合三頭政治で、一種の共和組織を編輯局に布かうといふ、頗る子供染みた考へなのであったが、自白すると予自身は、それが我々の為、また社の為、好い事か悪い事かも別段考へなかった。言はば、此隱謀は予の趣味で、意志でやったのではない。野口君と少し違ってゐた様だ。

小樽は、さらでだに人口増加率の莫迦に高い所へ持って来て、函館災後の所謂「焼出され」が澤山入込んだ際だから、貸家などは皆無といふ有様。これには二人共少なからず困ったもので、野口君は其頃色内橋（?）の近所の或運送屋（?）に泊ってゐた。予は函館から予よりも先に来てゐた家族と共に姉の家にゐたが、幸ひと花園町に二階二室貸すといふ家が見付ったので、一先其處に移った。此を隱謀の参謀本部として、豚汁をつついては密議を凝らし、夜更けて雨でも降れば、よく二人で同じ布團に雑魚寝をしたもの。或夜も然うして寝てゐて、暁近くまで同君の經歴談を聞いた事があった。そのうちには男爵事件といふ奇抜な話もあったがこれは他の親友諸君が詳しく御存知の事と思ふから書かぬ。

野口君は予より年長でもあり、世故にも長けてゐた。例の隱謀でも、予は間がな隙がな向不見の痛快な事許りやりたがる。野口君は何時でもそれを穏かに制した。また、予の現在もっている新聞編輯に關する多少の知識も、野口君より得た事が土臺になってゐる。これは長く故人に徳としなければならぬ事だ。（昭和四年『啄木全集』第四巻、改造社）

二、野口雨情が啄木について書いたもの

1　啄木の『悲しき思ひ出』について

こんど、改造社が発行した石川啄木全集中に『悲しき思ひ出——野口雨情君の北海道時代』と題した一文があるが、その当時、私と同名の異人があったのか、それとも何にかの間違ひであるかといふ問ひ合せの手紙が赭土社の若染氏からありました。さうした疑ひを抱かれる方は他にもあらうと思ひましたから、この際、赭土誌上でお答へいたしておきます。

全集中の『悲しき思ひ出』は、私はまだ読んでゐませんが、啄木が書かれたとすれば、同名異人でなく私のことに相違ありません。今から二十数年前のことですが、私は北海道で啄木と共に生活上の辛酸を嘗めました。啄木は私より先きに北海道を捨てて上京しましたが、私は札幌に残って北海道新聞の編輯をしてゐました。丁度、同じ北海道新聞の広告部に富山県の生れの人と思ひましたが野口木之助といふ老人がゐました。その老人が急病で死んだのでした。同じ新聞社であり、同じ野口であっ

たところから『北海道新聞の野口が急病で死んだ』といふのが『さうか、野口が、野口雨情が死んだのか』と誤り伝へられたのが元となって、一時、私は死んでしまった如く思はれたことがあったのです。啄木がその頃、それを聞き伝へて、私との交友を追懐して書いたものが、どこかに残ってゐて、こんど発見されたものと見えます。

尚、その誤りが、その当時、早稲田詩社の同人間にも伝わって、相馬御風、三木露風、加藤介春、人見東明の諸氏は、早稲田文学の一部を割いて、私のために追悼号を出す計画で、人見氏なぞは三十幾枚かの追悼文を書いて印刷所へ原稿まで廻したといふ話も後で聞いたのです。かうした滑稽な間違ひは、めったにないでせうが、今考へてみますと、啄木がせめて今頃まで丈夫でゐてくれれば、私のためにも、よかったと思ひます。(昭和四年八月『赭土』)

2　石川啄木と小奴

石川啄木が没ってからいまだ二十年かそこらにしかならないのに、石川の伝記が往々誤り伝へられてゐるのは石川のためにも喜ばしいことではない。況んや石川が存生中の知人は今なほ沢山あるにも拘はらず、その伝記がたまたま誤り伝へられてゐるのを考へると、百年とか二百年とかさきの人々の伝記なぞは随分信をおけない杜撰なものであるとも思へば思はれます。ですから一片の記録によってその人の一生を速断するといふことは、考へてみれば早計なことではないでせうか。

私の思ふには、石川が最後に上京して朝日新聞在社時代の前後や、晩年の生活環境については、石川の恩人であった金田一京助氏が一番正確に知ってゐるはずで、同氏によってその時代のことを書かれたものが、正確なものだと考へられるが、北海道時代、ことに釧路時代の石川のことについては全く知る人が少いやうに思ふのでそれをここで述べてみよう。

石川の歌集を繙く人は、その作品の中に小奴といふ女性が歌はれてゐることを気づくであらう。

小奴といふのは釧路の芸者で、石川とは相思の仲であったともいへよう。私は小奴に逢ったのは石川が釧路を去って約一年後であった。その動機といふのは、大正天皇が皇太子のころ北海道へ行啓されたことがあった。その時私は、東京有楽社のグラフィックを代表して御一行に扈従して函館から、札幌、小樽、旭川、帯広と順々に釧路へ行った。その時東京からの扈従記者は新聞では国民新聞の坂本氏、通信社では電報通信の小山氏、日本通信の吉田氏らであった、その時の新聞班の係長はつい先ごろまで、千葉県や群馬県の県知事をしてゐた県忍氏で県氏はその当時北海道庁の事務官であったため新聞班の係長に選定されたのである。

そこで我等扈従記者の一行が県氏の案内で釧路へ着くと、釧路第一の料理亭〇万桜で土地の官民の有志が我我のために歓迎会を開いてくれた。私も勿論そのせきに出席して招待を受けたのであった。

時は丁度灯ともしごろ、会場は〇万桜の階上の大広間で支庁始め、十数名の官民有志が出席して、釧路一流の芸妓も十数名酒間を斡旋した。その時私がふと思ひ出したのは、嘗て石川から聞いてゐた芸者小奴のことであった。私はこの席に小奴がゐるかどうかを女中に尋ねてみると、女中のいふには

『支庁長さんの前にゐるのが小奴さんです。』

見ると小奴は今支庁長の前で、徳利を上げて酌をしてゐるところである。齢は二十二、三位、丸顔で色の浅黒い、あまり背の高くない、どっちかといへば豊艶な男好きのする女であった。その中に小奴は順々に酌をしながら私の前に来た。そこで私は
『小奴とは君かい。』
と聞いてみた。すると
『ええ、私ですが何故ですか。』
と不思議さうに私の顔をみる。私は
『君は石川啄木君を知ってゐるだらう』
といふと小奴は
『石川さん？』と小声に云って、ぽつと頬を染めながら伏目勝ちになって
『どうしてそんなことをおききになさるのですか。』
『いいや、君のことは石川君からよく聞いてゐたものだから……』
『あら、あなた東京のお方でせう、それにどうして石川さんを知ってらっしゃるのですか。』
『私は、今は東京にゐるが一、二年前までは小樽や札幌にゐたからそんなことはよく知ってゐるよ。』
実は私は札幌で石川を始めて知って、それから小樽の小樽日報へ一緒に入社したのであった。小奴は
『あなたのお名前は何とおっしゃいますか。』
と、不安さうな瞳をみはって尋ねるのであった。

『私は野口といって石川君とは札幌からの懇意だもの。』

『まあ、あなたが野口さんでしたか、それでは石川さんから始終あなたのお噂を聞いてゐました。それにしても今石川さんは何処にゐらっしゃるのでせうか。』

小奴は石川が釧路を去ってからの後は石川のくはしい消息は全く知らないらしかった。『いまは東京にゐるが、君はそれを知らないのか。』

『ええ、東京へ行ってゐるといふことはうすうす聞いてゐましたが、東京の何処にゐらっしゃるのかその後音信がないので存じません。』といふ。

さうしてゐる中に酒席は酣になって、一同のかくし芸が始まる。小山氏の手品、坂本氏の詩吟等と主客共愉快になって、大はしゃぎにはしゃいだ。私は小奴と石川のことを話し合ってゐたために、同行の某君は、けしからんけしからんといひながら傍へよって来て、たうとう私との話をさへぎってしまった。そこで小奴はまた支庁長の方へ行って三味線をひきだした。私も大分酔って来て一行と共に出来ないかくし芸なぞしてはしゃいだ。

やがて宴会が終って芸者は帰ってしまった。私達も旅館へ引きあげようとして階段を下りて来ると、女中が一通の手紙を私に渡した。封筒には唯、野口様と書いただけで誰からの手紙ともわからなかったが、開けてみると鉛筆の走り書きで、

『石川さんのお話もお伺ひしたうございますから、帰りに私の家によって下さい、人力車でいらっしゃればすぐでございます。　小奴』

とあるのでその手紙が小奴からであることがわかった。そこで私は帰りに小奴の家に寄ってみた。家

は〇万桜から四五丁位の処でその辺は花柳街で、小奴の家は格子戸のはまった、下が三畳に六畳の二間、二階も一間くらいはあったらしい。小じんまりした家であったやうに記憶してゐる。

小奴は私の行くのを待ってゐたらしく直ぐに六畳の部屋に迎へて呉れた。壁には三味線が二梃ばかりかかって本箱の上には稽古本が二冊位のってゐた。左の方の柱に石川の書いた短冊が一枚かかっていた。短冊にかかれた歌の文句は忘れてしまったが、歌の意味は、『小奴ほど人なつかしい女はいない』といふやうなことであった。全く小奴は人なつかしい温和しい女性でまた正直な女であった。小奴は酒に酢のものを添へて料理を出して、心から私を歓迎してくれた。

何でも小奴にはそのころ三つか四つぐらゐになる子供があった。その子供の親は石川ではなく、小奴の前の旦那の子供であるといふことであった。小奴の家庭は、小奴とその子供と箱屋と女中をかねた五十ぐらゐの婆さんの三人暮しで、いふまでもなく小奴は自前の芸者として釧路でも姐さん株であった。小奴の母親は幼少のころ亡くなったが、父親はそのころ……実の父親か義理の父親であったかよく記憶はしてゐないが……何れにしろ父親は釧路駅の従業員をしてゐて小奴とは別居して暮らしてゐた。小奴と逢った翌日その父親にも停車場で逢ったが、決して裕福な暮しではなかったやうである。

小奴は私に石川のことについて次のやうなことを話して聞かせた。

『石川さんが釧路へ来て間もなく、社（釧路新報社のこと）の遠藤泱水さん達と一緒に逢ったのが、初めてで、それから始終石川さんとお逢ひしてゐましたが、初めの中は料理屋の勘定なども無理な工夫をして支払ってゐましたし、私も出来るだけお金の工面もしましたが、たうとう行きづまって、はてはお座敷に行けばお客達から『石川石川』といってからかはれお座敷の数もだんだん減ってどうすることも出来ないやうになってしまったのです。それに石川さんにはお母さんも奥さんも子供さんまであって、お金に困りつつ小樽にゐるといふことを遠藤泱水さんから聞かせられて、私は第一奥さんにすまないと思ひましたのでそれからは、心にもない不実な仕打をするやうになりました。それとしらない石川さんはその後私を大変恨むやうになりました。そこへまた社の社長（釧路新報の社長白石義郎氏のこと）さんも石川さんに意見するやうになったので、それやこれやで石川さんは釧路をたつ気になったのでせう。

けれどもたつといったとこで、一文の金の融通さへも出来ないまでに行きづまってしまった石川さんは、丁度その春の解氷期をまって岩手県の宮古浜へ材木を積んで行く帆前船に乗って、大きな声ではいはれませんがこっそりと夜だちしてしまったのです。

さあ石川さんが夜だちをしたとなると勘定の滞ってゐる料理ややそばやが皆私の方へ催促をするので私はよくよく困ってしまひました。仕方がないから社の社長の白石さんを尋ねて何とかして下さいませんかと頼みましたが、白石さんはぷんぷん怒ってゐて、てんで取り合ってくれませんでした。尤も石川さんが夜だちをする二日ほど前に

『「これから郷里の岩手へ行って金をこしらへて来る。」といってゐましたが、そんなことはあてにならないとは思ってゐましたが、さうでもしてくれればいいがとせめてもの心頼みにもしてゐたのです。けれどもここをたってからは一度も音信もありませんから、釧路のことも、私のことも、もう忘れてしまったのだと思はれます。』

と話して小奴は泪をさへうかべてゐました。私は小奴が気の毒になったので、『私が東京へ帰ったら、石川に早速話して石川を慕ってゐる君の心を伝へるから。』と慰めの言葉を残して帰って来た。

その後東京へ帰ってから、東京朝日新聞社に石川を尋ねて小奴の話を伝へると、石川はきまり悪さうに笑ひにまぎらして何とも答へなかった。同じその晩石川と銀座のそばやで一杯やりながら再び小奴のことを話しだすと石川も感慨無量の面もちでうなだれてしまったので、もうそれ以上私は石川に小奴の話をする勇気がなくなってしまった。そしてその後幾度か石川に逢ってもついその話はせずにしまった。

それから余程経った後であった。小奴にそのうち石川と一緒に釧路へ君を尋ねるといふ葉書を出したことがあったが、小奴からは何の返事もなく、石川も他界してしまったので、時折歌集を繙く度に小奴の名の出てくるのをみると、釧路の夕を思ひ出しては芸者小奴は今、どうしてゐるかといふことを考へるのであった。

○

その後大正十年の春、私が奈良市へ講演に行って四季亭へ泊った時、どうした話のはずみだったか四季亭の女中が、あなたを知ってゐる坂本さんといふ女の方が京都にをりますよと私にいふのである。その女中は何でも京都の生まれであったやうに思はれた。私は坂本といふ婦人はいくら考へても思ひ出せなかったので女中にだんだん聞いてみると、その坂本といふ婦人こそ、釧路の芸者小奴であった。小奴の本姓は坂本といふのであった。

その女中の話しによると、小奴の坂本はその当時京都のある呉服屋の支配人の妻君になって京都に住んでゐたのであった。釧路と京都とはどんな事情で小奴が今京都にゐるかは知らないが、不思議な感じがしてならなかった。

大正十年といへば今から七八年前のことであるから、今も小奴は京都にゐるかも知れない。そのころ無名の詩人であった石川、今の石川の名声と思ひ合はせて考へた時、小奴はたしかに感慨深いものがあるであらう。

私も機会があったら、もう一度小奴に会って石川の話もしてみたいやうな気もするが、単に京都とばかりでは、京都の何処にゐるのやら知るよしもなく、そのままになってしまった。

〇

石川は人も知る如く、その一生は貧苦と戦って来て、ちょっとの落付いた心もなく一生を終ってしまったが、私の考へでは釧路時代が石川の一生を通じて一番呑気であったやうに思はれる。それといふのも相手の小奴が石川の詩才に敬慕して出来るだけの真情を尽くしてくれたからである。かうした石川の半面を私が忌憚なく発表することは、石川の人と作品を傷つける如く思ふ人があるかも知れないが私は決してさうとは思はない。

妻子がありながら、しかも相愛の妻がありながら、しかもその妻子までも忘れて、流れの女と恋をすることの出来たゆとりのある心こそ詩人の心であって、石川の作品が常に単純でしかも熱情ゆたかなのも、皆恋をする事の出来る焔が絶えず心の底に燃えてゐたから、それがその作品に現れてきてゐるので、もし石川にかうした心の焔がなかったならば、その作品は死灰の如くなって、今日世人から尊重されるやうな作品は生れて来なかったかも知れない。

いはば石川の釧路時代は、石川の一生中一番興味ある時代で、そこに限りなき潤ひを私は石川の上に感ずるのである。

このことを石川が地下で聞いたならば苦笑をもらすか、微笑をもらすか、石川のことであるから多分苦笑をもらし乍ら煙草を輪に吹いてだまってゐるだらうとそれが私の目に見ゆるやうに感じられてくる。（昭和四年十二月八日『週間朝日』）

札幌時代の石川啄木

石川啄木の代表作は和歌にある。或る人の言はるるには、啄木の作品のどれを見ても深みが乏しい、もっともっと深みがなくては不可、要するに歳が若かった為めだらう。今二三十年も生存してゐたら、良い作品も沢山残しただらうと、斯うした見方も一つの見方かも知れないが、私はそうとは考へてゐない、和歌は散文でなく韻文だからヒントさへ捉めばそれでよいのである。そのヒントさへ捉み得ない詩人歌人の沢山あることを知って頂きたい。

・故郷の山に向ひて　言ふことなし　故郷の山は　有り難きかな

これは啄木の北海道時代の頃の作だが、啄木の作中でも優秀なものと思ふ。この作品なぞもヒントばかりで捉へどころが浅いと思ふだらうが、この浅いと思ふところに限りなき深さがあるのが韻文で、散文ばかりに没頭してゐるとその深さが判らなくなって仕舞ふ、一口に言へば韻文のやうに言はんとすることを最大漏さず言ひつくし、思ふことを細々と並べつくすものではない、そこに韻文と散文の違ひは区別される、くどいやうだが和歌は韻文であり、詩も韻文である。

啄木も生存中は、今日世人の考へるやうな優れた歌人でも詩人でもなかった、普通一般の文学青年に過ぎなかった、死後に名声が出てその作品も持て囃さるるやうになったのだが、それも同郷の先輩金田一京助氏と土岐善麿氏の力と言ってもいいと私は思ふ。この両氏は函館の宮崎郁雨氏と共に啄木の伝記中に逸することの出来ない大恩人である。

私の札幌行の動機

私が初めて啄木と知り合ったのは、北海道の札幌である。今から三十数年の昔で明治の終り頃であったが歳月の記憶も失念してゐるし、記憶も全く薄らいで仕舞ったが思出のままを書いてみることにする。

その当時は、先年亡くなられた坪内逍遙先生が学校（早稲田大学）にをられて学校出の青年は先生の推薦によって夫々就職口を求めてゐた。私達もその一人である、先生よりの手紙に、『君の希望してゐる新聞社が札幌にあるらしい、大した新聞ではないか知れぬが、梅沢君を訪ねて行くやうに』と、あった。梅沢君といふのは、同じ早稲田の先輩で西行法師の研究家として知られてゐた梅沢和軒氏のことだ、梅沢氏の父君は根室裁判所の判検事を永らく勤めてゐたから、和軒氏も北海道で育って北海道の事情は何んでも知ってゐた。一見学者風の人格者である。私は坪内先生の手紙を見ると同時に小石川鼠坂上の和軒氏方を訪ねた。児玉花外、西山筑浜氏等がその以前に鼠坂下に住んでゐて、吉野臥城、前田林外氏なぞと始終訪ねて行ったことがあるから、この辺の地理はよく知ってゐた。幸い和軒氏は居って、

『札幌の大した新聞ではないが、社長の伊東山華君が志士的な愉快な人だ、生れは福島県の若松藩だが帝大の専科を出た文章家だ、九段上の旅館にゐるから行って見よう』と和軒氏も一緒に行ってくれた。

九段上の旅館（名は忘れたが招魂社の傍）で社長山華氏に会った。成る程志士的気概の溢れてゐるやうな人で、言語も態度も洵に純朴だが一旦国を論じ世を議するとなればその熱烈さには敬服した。一見旧知の如く『明日の晩東京を立って札幌へ一緒に行くから上野駅で落ち合はう』と直ぐ約束が出来て入社することになった。私は直ぐに坪内先生のお宅へ上って其旨を話すと先生は、

『北海道にはアイヌが居るからアイヌを主材としたものを書く方が良い』と御注意して下さった。『これは僅かだが、汽車中の弁当料に』と紙に包んで餞別を呉れたが『また東京へ来たらお世話さんになるですから』と無理に辞退して帰った。東京には知人も友人も沢山居るが、余り突然なので人見東明氏と関石鐘氏と二人だけに札幌行きを話して翌晩の十時に上野駅を立って行った。私はその時二十三歳の青年であった。

汽車の中は社長の山華氏と二人切りで、翌日の午後に青森に着き、連絡船で函館に渡り再び汽車で札幌へ着いたのである。

札幌へ来た頃の啄木

私の札幌での居所は山華氏の紹介によって大通りの花屋と言ふ下宿屋であった。今は電車も出来てゐるが其頃は電車もない、大通りと言ふのは開拓当時火防の為めに作られた防火線であって道路の中央は広い草原で東西に長く続いてゐる、この草原を中に挟んで両側に傍側道路がある、この傍側道路に面したところを判り易いやうに大通りと行ってゐる、札幌のうちでも大通りは淋しい方であった、明治の初めに北海道最初の開拓使永山将軍が将来の札幌を見越して大陸的に道路は広くし市街の区画割も思ひ切って贅沢に定めたのださうだ、私のゐた花屋は室数が五室位のバラック式平屋で随分見すぼらしい下宿屋であったが、それでも下宿人は満員であった、皆なおとなしい人ばかりで高声一つ立てるものはない。

ある朝、夜が開けて間もない頃と思ふ。

『お客さんだ、お客さんだ』と女中が私を起こす。

『知ってる人かい、きたない着物を着てる坊さんだよ』と名刺を枕元へ置いていってしまった。見ると古ぼけた名刺の紙へ毛筆で石川啄木と書いてある、啄木とは東京にゐるうち会ったことはないが、与謝野氏の明星で知ってゐる。顔を洗って会はうと急いで夜具をたたんでゐると啄木は赤く日に焼けたカンカン帽を手に持って洗ひ晒しの浴衣に色のさめかかったよれよれの絹の黒っぽい夏羽織を着て入って来た。時は十月に近い九月の末だから、内地でも朝夕は涼し過ぎて浴衣や夏羽織では見すぼらしくて仕方がない、殊に札幌となると内地よりも寒さが早く来る、頭の刈方は普通と違って一分の丸刈である。女中がどこかの寺の坊さんと思ったのも無理はない。

『私は石川啄木です』と挨拶をする。

『さうですか』

私は大急ぎに顔を洗って、戻って来ると、

『煙草を頂戴しました』と言って私の巻煙草を甘さうに吹かしてゐる。

『実は昨日の夕方から煙草がなくて困りました』

『煙草を売ってませんか』

『いや売ってはゐますが、買ふ金が無くて買はれなかったんです』と、大きな声で笑った。かうした場合に啄木は何時も大きな声で笑ふのだ、この笑ふのも啄木の特徴の一つであったらう。

そのうちに女中が朝食を持って来た。

『朝の御飯はまだでせう』

『はア、まだです』

女中に頼むと直ぐ御飯を持ってきた。御飯を食べながら、いろいろと二人で話した。札幌には自分の知人は一人もない、函館に今までゐたのも宮崎郁雨の好意であったが、宮崎も一年志願兵で旭川へ入営したし、右も左も好意を持ってくれる人はない全くの孤立である、自分はお母さんと、妻君の節子さんと、赤ん坊の京子さんと三人あるが、生活の助けにはならない。幸い新聞で君が札幌にゐると知ったから、君の新聞へでも校正で良いから斡旋して貰はうと札幌までの汽車賃を無理矢理工面して来たのである。何んとかなるまいかといふ身の降り方の相談であったが、私の新聞社にも席がないし、北門新聞社に校正係が欲しいと聞いたから、幸ひに君と同県人の佐々木鉄窓氏と小国露堂氏がゐる、私が紹介するから、この二人に頼むのが一番近道であることを話した。啄木もよろこんで十時頃連れ立って下宿屋を出た。

これが啄木と始めて合った時の印象である。

北門新聞の校正

啄木は佐々木氏か小国氏か二人を訪ねて北門新聞社へ行った。私は途中で別れて自分のゐる新聞社へ行った。その夕方電話で北門の校正にはいることが出来て社内の小使ひ部屋の三畳に奇遇すると報らせて来た。月給は九円だが大に助かったとよろこんだ電話だ。

それから三日程経つと小国氏から、啄木の家族が突然札幌へ来て小使部屋に同居してゐるが、新聞社だから女や子供がゐては狭くて困る、東十六条に家を借りて夕方越すから今夜自分も行くが一緒に来て呉れと言ふ電話があった。私は承知して待ってゐた。その頃東十六条と言へば札幌農学校から十丁程も東の藪の中で人家なぞのあるべき所とは思はれない。そのうちに小国は五合位入った酒瓶を下げてやって来た。私は啄木の越し祝ひの心で豚肉を三十銭ばかり買って持って行った。日は暮れてゐる、薄寒い風も吹いてゐた。小国氏は歩きながら、『君の紹介で彼（啄木のこと）を社長に斡旋したが、函館から三人も後を追って家族が来るとは判らなかった、社長からは女や子供は連れて行けと叱られるし、僕も困って彼に話すと彼も行くところが無いと言ふし、やっと一月八十銭の割で荷馬車曳きの納屋を借りた、彼は諦めてゐたからいいやうなものの、三人の家族達は可哀相なもんだな』と南部弁で語った。

藪の中の細い道をあっちへ曲りこっちへ曲り小国氏の案内で漸く啄木の所へ着いた。行って見ると納屋でなく厩である。馬がゐないので厩の屋根裏へ板をならべた藁置き場であった。隣りが荷馬車曳の家でこの広い野ッ原の藪の中には他に家はない、啄木は私達を待って表へ出て道ッ端に立ってゐた、腰の曲ったお母さんも赤ん坊の京子ちゃんを抱いた妻君の節子さんも一緒に立ってゐた。厩の屋根裏には野梯子が掛ってゐる。薄暗い中を啄木は、『危険いから、危険いから』と言ひながら先に立って梯子を上ってゆく、皆んな後から続いて上がった。屋根裏には小さい手ランプが一つ点いてゐるが、誰の顔も薄暗くてはっきり見えなかった。

これが札幌で二度目に啄木に会った印象である。（昭和十三年十月『現代』）

三、諸家の言

1　吉田孤羊

与謝野氏が「其頃」（啄木が東海歌を与謝野宅の歌会で詠んだ頃）と書かれたのは、啄木が上京して小説を書き悩んでいた明治四十一年初夏のことで、私の推測にして誤りがなければ、同年六月中のことではなかろうかと思う。「東海の小島」の歌がこの席上に生まれたであろうことは、私も久しく信じていたのであるが、昭和四年四月十三日、新宿で催された東京啄木会の追想座談会の席上、野口雨情氏が初めてこの歌の生まれた時期に対して一つの異説を唱えられた。雨情氏によると、この一首は啄木の小樽時代の作で、はじめ「東海の小島の磯の白砂にわれ泣きぬれて蟹と遊べり」と啄木がノートに書いてあったのを、ある日雨情氏が遊びに出かけて、節子夫人と啄木と三人でたまたま歌を語り合ったとき、出して見せられたが、その時、節子夫人が「遊べり」とするより「たはむる」の方がよくはありませんか、といったら、啄木は早速「ウン、その方が引き緊っていいね」といってすぐ書き直したというのであった。私はこのことに非常に興味をもって、その後、手の及ぶ限り啄木のノートや手記を調べたが、この一首が小樽時代の作であるという証拠を上げることができなかった。第一、『小樽日報』紙上で短歌の選はしたが、彼の作品らしいものは殆どないといってよいくらいである。『小樽日報』にはただ一日、啄木の署名で数首の歌が発表された事実があるが、もう当時この歌がすでに作られてあったとしたら、後年その処女歌集の巻頭に飾るほど自信のあったこの歌を、どうしてその当時発表しなかったろうかという疑念が湧き出る。もっとも、野口雨情氏の啄木に関する記憶には、かなり誤謬が多く、単にこの歌の制作年代のみならず、啄木が北海道を去って上京した後、そんな事実は露いささかもないのに、京橋のある豆腐屋の二階に、彼の一家四人が部屋借りをしていたといい、かつその証拠として梯子段の下に、大きな石臼があったというような細かい道具立てをするので、たいがいの人は大抵一時はほんとにするようなありさまだし、かって『週間朝日』に発表した「石川啄木と小奴」のごとき、半分は小奴自身記憶にないような、詩人自らの幻想であろう追憶を書いているくらいだから、この歌に関する雨情氏の知識もはなはだ頼りないものであるが、ここにはただ啄木にとって往時の一友だった野口氏が、こうしたことを述べたこともあるという事実を、参考までに書きとめておく次第である。（昭和四十年十月『啄木短歌の背景』洋々社）

2　小林芳弘

啄木離釧直後の小奴の状況をかなり克明に伝えているものの一つは、野口雨情による「石川啄木と小奴」である。

ところがこれまでいろいろな研究者によって指摘されているように、野口雨情の文章には多くの問題点がある。次に、啄木と雨情の数奇な関係について述べ、続いて「石川啄木と小奴」に含まれる問題点について考察していきたいと思う。

明治四十一年九月十九日付の『読売新聞』の「よみうり抄」に、次のような記事が掲載された。

「野口雨情氏逝く　口語体の作詩の作詩家として東都詩壇の一方に頭角を現し居たりし同氏は昨年初夏の候北海道に赴き札幌の諸新聞に従事しありしが久しく病気の処此程札幌に於て客死するに至れり、氏は常陸磯原の人、行年僅かに二十有歳なり」

本郷森川町の下宿でこれを見た啄木は、その日の日記に、

「世は半日この薄命なる人の上を思い出して、黯然として黄昏に及んだ。細雨時々来る陰気な日、辺土の秋に斃れた友を思ふことは、何かは知らず胸痛き事だ。」

と書いている。

翌九月二十日には、

「野口君の事は、思い出せば思い出すほどかなしい人であった。予自身の北海に於ける閲歴と密接な関係のある人だけに、殊更悲しい。」

とある。

ところが二十二日、「悲しき思い出」と題した『新天地』一号付録へ載せるための追悼文を書いているところに、雨情の友人である人見東明から葉書が舞い込む。

「氏（野口）は、先日室蘭（?-）新聞に転任致し健在の由、察する所何かの誤聞かと存候」

という内容のものであった。啄木は生きている友人の追悼文を書いていたことになる。

人見の葉書を読んで啄木は、

「ペンを投じて、うなった。野口君は生きているのだ。誤伝も事によりけりで、これは奇抜も通り越した話だ。」

と日記に書いた。

後年、雨情自身が語ったこの事件の真相は次のようなものであった。

「当時、北門新報に野口某なる広告部長がおって、その人の死が、いつか誤り伝えられたのである。当時の地方新聞における広告部長の地位は、社会部記者や三面主任などより遙かに重職で、北門の野口といえば、その広告部長のことだったのを、どういういきさつからか、雨情・野口と伝えられてしまったのである。」（『北海道時代の雨情』古茂田信男）

野口雨情は、明治十五年五月二十九日、茨城県多賀郡北中郷村大字磯原に生まれた。本名を英吉という。啄木より四つ年上である。明治三十四年四月には、東京専門学校高等予科文学科（早稲田大学前身）に入学したが、翌三十五年五月には中退している。その後、彼は片山潜の編集発行する『労働世界』や『社会主義』などの雑誌に詩を投稿したりしている。雨情は、社会主義詩人として出発した。彼が北海道に渡ったのは、啄木と同じ明治四十年五月のことである。自分の郷里に妻子を残したまま、札幌の北鳴新報社の社会部記者となった。雨情二十五歳の時であった。

雨情と啄木の出逢い

啄木と雨情の交際は、明治四十年秋の札幌に始まり、これからの小樽時代にかけてが最も頻繁であった。

追悼文「悲しき思い出」によれば、

「本年（明治四十一年）四月十四日、北海道小樽で逢ったのが、野口君と予との最後の会合となった。……中略……成るべく函館で待合して、相携えて津軽海峡を渡らうと約束して別れた。」（既述文参照）

実際には、雨情は北海道に残り、啄木は一人上京した。これ以来、二人は疎遠になってしまった。そしていつの間にか、互いに相手の追悼文を残すという通常ではとても考えられない奇妙な関係になっていったわけである。このような二人でありながら、啄木が書き残した雨情についての文章は広く引用されるが、反対に雨情が残した啄木は引用されることが少ないという際立った対照を見せている。これはどうしたわけなのであろうか。

その理由を考えるために二人の文章を比較検討してみたいと思う。

まず、両者の出逢いである。二人が初めて顔を合わせたのは札幌であった。ところが、その時の状況の記録は両者で驚くほど異なっている。

明治四十年九月十三日夜、啄木は新しい職場を求めて、四ヶ月余り住み慣れた函館を後にした。いったん小樽で途中下車したあと、十四日午後に札幌入りした。小国露堂の紹介で九月十六日から北門新報に勤務、月給は十五円であった。問題の野口雨情と初めて逢ったのは『啄木日記』では九月二十三日になっている。

「夜小国君の宿にて野口雨情君と初めて逢へり。……中略……野口君も共にゆくべく、小国も数日を辞して来たり合する約なり。」（既述文参照）

とあるので、この日の会合は入社してわずか一週間しか経っていない北門新報社をやめて、小樽日報社に移る相談であったことがわかる。

北海道最初の新聞は、明治十一年一月に発行された『函館新聞』である。続いて明治十三年に『札幌新聞』が発行されたが、翌年夏には廃刊になった。これ以来、道内各地で新しい新聞が次々に発行されていったが、『札幌新聞』のように短期間のうちに廃刊になったものも少なくない。新聞ひとつをとりあげてみても、明治という開拓時代の北海道の活発な経済状況と同時に、非常に不安定な社会情勢がうかがえる。

そして、このような状況の中で、啄木や雨情の才能が熟成されていったのである。

一方、雨情が啄木の死後三十年ほどしてから書いた「思い出」（『現代』昭和十三年）では、二人の出逢いが次のように再現されている。少々長くなるが、重要な部分を引用する。

「ある朝、夜が明けて間もない頃と思ふ。『お客さんだお客さんだ』と女中が私を揺り起こす。……

中略……幸ひに君と同県人の佐々木鉄窓氏と小国露同氏がゐる。私が紹介するから、この二人に頼むのが一番近道であることを話した。」（既述文参照）

この文章をそのまま読めば、啄木は全く面識のない雨情を誰の紹介もなしに突然訪ね、就職の依頼をしたので、雨情が啄木を小国露堂に紹介したことになる。

さらに、「札幌時代の石川啄木」（歌誌『次元』所載）という文章（既述文参照）には、北門新報の月給が九円で啄木の家族三人が突然札幌へ来て新聞社の小使い部屋に同居した後、東十六条の藪の中の細い道を曲りくねったところにある荷馬車曳の家の厩の屋根裏に住んでいたなどということが書かれている。

『啄木日記』によれば、小樽まで来ていた節子が札幌を訪れたのは、九月二十一日わずか一日だけで、しかもその日のうちに小樽へ戻っている。数日中に札幌へ引越す準備をするように言われて帰ったが、啄木が小樽へ移る計画の方が先になり、九月二十四日には引越しを見合わせるようにという電報が出されている。この辺の事情は「日記」だけでなく、宮崎大四郎・並木武雄宛の書簡の中にも書かれている。

また、雨情は札幌へ来たこともない母親カツの腰の曲がり具合まで見ていることになっている。

北門新報の給料にしても、函館弥生小学校の代用教員の月給が十二円で新聞記者がそれより安いはずがないから、九円というのは誤りであろう。なによりも、金に困っていた啄木が自分の月給を間違えて「日記」に書くはずがない。

このように、雨情の文章には非常に多くの誤りがあるように思われる。しかしながら、「思い出」

(雨情が書いた「札幌時代の石川啄木」のこと)を良く注意して読むと、先に引用した二人の出逢いの部分は、啄木の服装やいかにも生活に困っている様子、そして彼の行動の一切があまりにも詳細かつ刻明に表現されていて、雨情の単なる想像や創作だけで書かれたものと片づける訳にはいかない。啄木の描写や会話の部分があまりにも生々しく感じられるためである。

このようなことから、「思い出」の中には多くの誤謬に雑っていくつかの事実が紛れ込んでいると思われる。したがって、すべてがデタラメとして捨て切れない。

そのような例について考えてみよう。

啄木自身は、乞食坊主に間違われたことがあるなどと書いたことはないし、普通には想像もできないことかもしれない。しかしそのような可能性は十分考えられるのである。

九月八日に札幌にいる向井永太郎から、「北門新報校正係に口がある」という手紙が来て、さらに二日後の十日には「ハヤクコイ」と催促の電報が来る。そこへ札幌へ行く決心をした啄木は、翌十一日に弥生小学校へ退職願いを出し、夕方に浮世床という床屋で散髪した。

また、これより二週間ほど前の八月二十五日夜に起った大火により、函館の街の五分の四は灰になってしまっていた。そのため物価は高騰した。八月二十九日の大島経男宛の書簡には、「米屋もやけ炭屋もやけ通帳ドレもコレも用をなさず、立秋に入りて既に二旬、懐中秋風にて物価騰貴、スキナ煙草もロクにのめぬの一事に候」とあり、「洗い晒しの浴衣に色のさめかかったよれよれの絹の黒っぽい夏羽織」という描写に近いみすぼらしい服装は止むを得なかったと想像される。

『啄木日記』と「思い出」に書き残された二人の出逢いの模様があまりに食い違っていることに注目

したのは、古茂田信男・長久保片雲などの雨情研究家たちである。多くの啄木研究者は、金田一京助の指摘する「雨情の詩人的幻想によると思われる誤謬が多い」に従っているのだろうか。両者の食い違いについて誰一人としてとりあげていない。

この点に関して長久保片雲は、『野口雨情の生涯』の中で次のような解釈をしている。「雨情は確かに小事に拘泥せず漠然としたところがあって、啄木の日記ほどの正確さはないと思う。だとすると、雨情の初対面の記事はどう読めば良いのか。次のような推測は成立しないものか。

即ち、人の良い雨情は、啄木にまんまと担がれたのだと。

……中略……

啄木は、日記にあるように小国の世話で北門新報に就職し、雨情が近くにいるという情報を得て、雨情とはどんな奴か見物がてら、たばこと朝飯でも御馳走になろうかと出かけたのかもしれない。しかし、啄木はそれを日記には付けなかった。自尊心が人一倍強く決して弱点をさらけ出すような男ではなかったから……。」

長久保は両者の食い違いに気づきながら、内容をより綿密に検討しなかったこと、啄木関係の資料の調査不足、そして最も大きなことは、無意識のうちに雨情の肩を持つような気持になっていたため、このような推測に終わってしまった。

私は長久保と同じ疑問から出発して、彼とは全く異なった結論に達した。

まず、第一に解決しなければならない問題点は、なぜ多くの誤謬の中に真実が紛れ込んでいるのであろうかということである。

啄木が札幌へ出てまもなく、午前中に人を訪ねたことが「日記」に書き残されている。その日は日曜日だったので相手がまだ寝ているうちに行ったのかも知れない。相手は野口雨情ならぬ、小国露堂であった。九月十五日のことである。

「午前向井君らと共に小国君を訪へり、又快男児なり岩手宮古の人。」

そこで、啄木が寝込みを襲った相手を小国露堂と仮定してみる。「思い出」の中の雨情を小国に置き替えて読むわけである。啄木と小国ならばこのような出逢いがあったことを想定するのは不自然ではないからだ。

このような発想を換えて、「思い出」を啄木と小国の出逢いの場面と考えたらどうであろうか。啄木と雨情の出逢いよりはるかに矛盾が少なくなりはしまいか。そればかりか、むしろ啄木の当時の様子がしのばれる思いがしてくる。夏ものの貧しいみなり、タバコの無心、あまりにも良く当時の啄木の状況に一致するではないか。

以上のことから、雨情は小国から聞いた話をもとにして晩年に「思い出」をまとめたのだと私は考えた。小国から直接聞いた部分のほとんどは、小国の体験にもとづく事実であるから表現も生々しく矛盾が少ないが、他の部分は、雨情の想像が入り込んでいるので数多くの誤りが生じたものであろう。

「石川啄木と小奴」

次に、雨情が小国から聞いた話を自分の体験としている可能性についてさらに深く考察するために、「石川啄木と小奴」を検討してみることにする。この文章は、昭和四年二月二十日発行の講演パンフレット通信95に掲載されており、文末に『週間朝日』より転載と付記がある。同じパンフレット通信95の「啄木追懐」と題した土岐善麿の講演には、場所は日付が明記されているのに雨情の「石川啄木と小奴」にはそれがない。

「私は小奴に逢ったのは石川が釧路を去って一年後であった。その動機といふのは、大正天皇が皇太子のころ北海道へ行啓されたことがあった。」

これに続いて、雨情は皇太子御一行といっしょに函館から北海道を一巡して釧路へ行き、釧路第一の料亭〇萬桜で催された歓迎会で、小奴と逢ったことが書かれている。以下はその時の雨情と小奴の会話である。

「私は、

『君は石川啄木君を知っているだろう』

……中略……既述文章参照

けれどもここをたってからは一度も音信もありませんから、釧路のことも私のことももう忘れてしまったのだと思はれます。」

ここには、晩年の小奴が新聞のインタビューに答えたり、金田一京助に語った啄木とは全く異なった啄木が表現されている。啄木が去ったあと釧路に残された小奴の偽らざる心境が吐露されているようで極めて興味深い。中でも、会話の部分は非常に生々しく、真実味がある。

しかし、「石川啄木と小奴」に書かれたすべてのことが信用できるかというと、そうではない。極めて重要な部分に大きな矛盾がある。

まず、最初に引用した、雨情が小奴と出逢った時期である。啄木が釧路を去ったのが明治四十一年であるから、それより約一年後といえば、明治四十二年でなければならない。しかし、啄木からの音信が小奴のもとにまだ一度も届いていない時であったことを考えあわせれば、雨情と小奴が逢った時期は、明治四十一年五月から十月中旬に限定できる。小奴からの絵ハガキが本郷森川町の下宿に初めて届いたのがこの年の十月二十六日で、これに対して啄木は三十一日に返信している。そして逸身豊之輔とともに上京した小奴が啄木と再会を果たしたのが十二月一日であったからである。一方、雨情の方は、明治四十一年秋にはまだ北海道にいた。『読売新聞』による誤報騒ぎがこれを裏付けている。この時期には東京などにはいなかった。雨情が北海道を脱出し、上京したのは明治四十二年十一月ごろであった。そして、大正天皇が皇太子の時の北海道行啓があったのは明治四十四年夏のことであり、四十一年からは三年もかけ離れている。

さらに雨情は、釧路で小奴と面会したあと東京へ戻り、朝日新聞社へ啄木を訪ね、彼女の様子を伝えたと書いているが、そんなことはとうてい不可能である。啄木は明治四十一年にはまだ朝日新聞に勤めていないし、四十四年以降では出社したくても病気のために出られなかった。

釧路には〇萬桜などという料亭はなかったし、その他にも無数の矛盾がこの文章にはあり、私には実際に小奴と面会したとは信じられないのである。

しかしながら、小奴の証言が妙に真実味を帯びていることから、啄木が釧路を離れて半年以内に実際に小奴の口から、このようなことを聞いた人間がいると私は考えた。もし、そのような人間が存在するとしたら、一体誰だろうか。

私は、引用文中の会話の中の、『私は今東京に居るが……』の東京に騙されて長い間悩んだ。謎が解けてしまえば簡単なことである。

雨情は確かに東京に住んだことがあるし、「皇太子の行啓」とともに北海道へ行ったこともある。事実、明治四十四年九月六日の『釧路新聞』には、「陪従記者慰労宴」と題して次のような記事が掲載されている。

「陪従記者慰労宴は三日午後七時旗亭希望桜に於て開催……中略……同夜出席せる陪従記者は……中略……グラピック野口英吉……後略……」

しかしながら、すべてはこのような事実と小奴と逢った時期を結びつけるためのカラクリであった。「東京」も「皇太子の行啓」も、第三者から聞いた話を自分の体験にするために持ち出したものである。

雨情のアリバイは完全に崩れている。

小国露堂

小奴と直接に逢うことが出来たのは、小国露堂である。啄木在釧中の小国との交信は一度である。その後、釧路を離れた啄木は、函館で宮崎郁雨と協議一決、東京行きを決心して小樽へ妻子を迎えに行った。ここで小国と三度会っている旧交を温めていることが、極めて短いが「小樽の六日間」と題した「日記」に残されている。

「午後札幌より小国善平君来る。自分の代りに釧路へ行くとの事。」（四月十五日）
「夕小国君と公園に散歩し、佐田君を訪ふ。奥村君と四人にて十二時まで語る。」（四月十六日）
「小樽日報今日より休刊、実は廃刊。不思議なるかな、自分は日報の生れる時小樽へ来て、今はしなくも其死ぬのをも見た。小国佐田奥村諸君来る。」（四月十八日）

啄木は、小国が釧路新聞へ行くことを知っていた訳である。小樽日報が廃刊になり、これまで色々と就職の面倒を見てくれた人が、今度は自分の後任として釧路新聞へ行くことを聞いて、啄木はどんな心境だったのだろうか。

小国に対する予備知識のために、啄木は釧路新聞の内情だけではなく、釧路の夜を華やかに色どった芸者たちのことをも語り聞かせたに違いない。

以上のことから、ある程度小奴の噂話を聞き知っており、かつ啄木離釧後、半年以内に釧路で彼女に逢って当時の偽らざる生の啄木観を聞き出せたのは、小国露堂に他ならないと考える訳である。

小国の入社は、四月二十三日であった。二十五日付の『釧路新聞』に「啄木。石川一、退社を命ず」の社告が出た。この日はまた、「モ一度東京へ行って、自分の文学的運命を極度まで試験せねばならぬ」ため、啄木が函館から最後のたびだちをした日でもあった。

小国は釧路新聞に勤務したあと、独立して釧路で『東北海道新聞』を創刊したが、社業は思うように軌道に乗らなかった。最後には、帰郷して『宮古新聞』に腕をふるったといわれている。小国は晩年も同郷の天才詩人に対して好意を抱かなかったのであろうか。彼の筆による啄木はわずかに『釧路新聞』の記事が知られているだけである。

明治四十二年一月二十一日、啄木は『釧路新聞』と『北東新聞』を受取った。差出人は小奴であった。その『釧路新聞』には、小国の筆で「啄木子嘗てしやも寅文学を提唱す。実は小奴文学なり……」とあった。

野口雨情は、小国露堂が体験したことをもとにして「思い出」や「石川啄木と小奴」を書いたものと思われる。小国から直接聞かされた部分については真実味があるが、それ以外の部分については想像で書いたのであろう。想像で書いた部分には多くの誤謬が含まれていたため、内容すべての信憑性を疑われ、ほとんど引用されなくなってしまったと思われる。

斉藤三郎は、続文献『石川啄木』という著書の中に、「石川啄木と小奴」をとりあげた数少ない研究者の一人である。しかし、戦後に出版された『啄木文学散歩』の中の「小奴の啄木観」の章では、これを一切引用していない。

小国を雨情にすり替えるために、辻褄を合わせようとしたことからくる矛盾と、雨情の憶測による誤謬を注意深く除けば、あとは小国の体験に基くものであろう。私は、小国が雨情に語った啄木は十分に信頼できると思う。

他人の体験談や、明らかな誤りを含むという理由で、文章全体を否定しなくてもよいだろう。カラクリを見破ることができ、その中を拾うべきものがあれば引用して構わないのではないか。

東海歌と雨情

野口雨情をとりあげた最後に少々横道にそれるが触れておきたいことがある。『野口雨情の生涯』

という著書の中で、長久保片雲は次のように書いている。

「この歌（東海歌）の原作は、

東海の小島の磯の渚辺に

われ泣きぬれて

蟹と遊べり

だったという。これを一杯やりながら啄木から示されると暫く眺めていた雨情は『石川さん、これでも良がんしょうが、渚辺は白砂に直した方が良いと思いやんすね。それに遊べりでは子供っぽく聞こえるので、「たはむる」と書き直した方が良いんじゃありませんか、私ゃその方が良いと思いやんすがね』と言ったそうで、啄木はその助言に従ってあの歌が生まれたのだという裏話を泉漾太郎氏からお聴している。これは雨情から直接聞かされたという泉氏の又聞きであるが、充分考えられることであり、だとすれば、この名歌は、雨情の指導援助により合作だということになる。」

このような話は、実際に雨情によって語られたものなのだろうか。もし本当だとすれば、雨情の言葉が多くの啄木研究者たちから完全に無視されるのも無理のないことかも知れない。

東海歌は、明治四十一年歌稿ノート「暇ナ時」に書かれている。六月二十四日の作である。はじめ、歌稿ノートには、

「東海の小島の磯の白砂に我泣きぬれて蟹と戯る」

と二行に書かれた。この歌が、そのノートの最後のページに

東海の

小島の磯の
　白砂に
われ泣きぬれて
　蟹とたはむる

というふうに「我」が「われ」に、「戯る」が「たはむる」になおされて、五行に大書された。さらに「磯に泣」と書いてから「に泣」を抹消し、その下に「の白砂」とつづけてある。

東海歌が作られた明治四十一年六月は、雨情はまだ北海道にいた。この年の四月に小樽で会ったのが啄木とは最後になってしまった。この時以来「野口雨情の生涯」に引用されているような、一杯やりながら歌の批評をする機会など、二人には巡って来なかったというのが実情である。

雨情が残した「思い出」や「石川啄木と小奴」に含まれる矛盾の多くは、小国露堂から聞いた話を雨情が自己の体験として書いたことにより生じたものであると私は考えた。

また、東海歌の問題にしても、雨情はなぜこのような発言をしたのか不思議に思えてならない。それは永遠に謎であるかもしれない。だが、これらの一連の雨情の発言は、案外詩人雨情が啄木歌の価値と彼の天才を最も良く認識していたことを端的に示す結果となったと考えることもできる。

雨情は、大正時代から昭和初期にかけて、現在まで歌い続けられる様な多くの著名な作品を世に出し、日本中を旅して歌の指導にあたっていた。この時代にあっては、民謡詩人野口雨情の名を知らぬ人がなかったであろう。そのような意味では啄木よりもむしろ雨情の名の方が良く知れわたっていたと思われる。

「啄木も生存中は今日世の人の考へるやうな優れた歌人でもなかった。普通一般の文学青年に過ぎなかった。」(札幌時代の石川啄木)

雨情はこのように書いてはいるが、没後いち早く啄木作品の価値に気づいたのであろうか。詩人の心を詩人が最も良く知っていたというべきだろうか。(昭和六十年七月『啄木と釧路の芸妓たち』みやま書房)

3　岩織政美

「啄木日記と雨情」　省略(既述文参照)

「東海歌」と雨情の助言

私は偶然にある日の朝、NHKラジオから流れてきた「雨情歌手」近藤志げるの雨情思い出話から「東海の小島」歌の関わりを知り、数ヶ月後に茨城県磯原海岸にある雨情記念館と「雨情生家」を訪ねました。

「生家」は雨情直孫の野口不二子さんが守り、日々訪れる雨情フアンの人々の応対で元気に過ごしております。

雨情が「東海の小島」歌についてどう関わったのか。

不二子さんが、この本に書いてありますよと推めたのが、泉漾太郎著『野口雨情回想』(筑摩書林)

で、著者は雨情の弟子として、その周辺に明るく、栃木県文化協会顧問、県文化振興事業団理事、塩原名誉町民です。

こう書いています。

「先生との交わりのあった藤田健次氏などから、雨情の若い頃は道楽者だったそうだと聞かされ、詩人の情熱には無きにしもあらずのことと思いこんでいたからである。

それとまたひとつは、先生が北海道での新聞記者時代に、大変お世話になったと云う石川啄木の代表作と称される

東海の小島の磯の白砂に
われ泣きぬれて蟹とたわむる

の原作が、『渚辺』であったのを『白砂に』がいいとし、また、『蟹と遊べり』を『たわむる』がいいと助言され、名作となったという秘話も聞かされ、若い頃の道楽者が人も驚く偉人になった例話も知っていた。」

この回想は、平成二年十一月第一刷発行であり、またこの「秘話」のことは、以前から「雨情にくわしい人たちの間では、よく知られていることで、この記述のとおりなんです」(野口不二子)という。

だが、啄木研究者の間ではこの「秘話」を黙殺しているようで、啄木文献からは見出せず、昨年(一九九六年春)に「雨情生家」を訪れてあらためてこの「秘話」の事実を知ったという経過です。

荒正人氏も指摘しているように、啄木にはまだまだ分からないことが多く、また埋もれている表面

たちの文の中で揺れ動いているように思われてなりません。

啄木生誕百十周年（一九九六年）を過ぎても、実像と虚像の入り混じった啄木像が、いろいろな人に出てこない話もあります。

啄木と雨情評価

北海道時代（札幌から小樽へ）の雨情（二十六歳）と啄木（二十二歳）の、二人の交友状況も『啄木日記』と雨情周辺の語りとでは大きく違っており、啄木自身の雨情評価は冷たいもののようです。

直接には、小樽日報の岩泉江東主筆の追い出し策動をめぐる過程の中で、啄木が事実を十分確かめることなく、雨情が裏切った、と日記に書いてしまい、のちに斜線で抹消したこと、岩泉主筆が自分を排斥する首謀者が雨情であると考え、雨情と啄木の離間策をはかり、その結果として雨情が職を失い、逆に啄木が三面担当に引き立てられ、俸給も増額されたという、皮肉にも啄木が雨情を裏切ったとみられにような結末となったこと、及び、雨情の引っ越し手伝いに行った啄木が、雨情の妻ひろの「不遜な態度」をみて、「野口君の妻君の不躾と同君の不見識に一驚を喫し、愍然の情に不堪。」と日記に書いていたことがいわれています。

こうしたことを、啄木は日記に残している一方で、雨情は何も残していないことから、とかく啄木の見方、対応が、ことがらの主流であるかのようにうけとられています。しかしながら「親しい友」の間柄であれば、第三者の口から友人の人柄、行動について、否定的な内容の話が出たら、その真偽を確かめようとするのが当たり前と思われますが、啄木はそうせずに周囲の人の口車を信じて、「雨情が裏切った」ように受け止め、あとで事実が違っていたことを知らされて、日記の文字を「斜線」で消している、という、不実さを示しています。

しかも、はっきり消せばよいものを、斜線だけで、元の文が読みとれるように残しているという態度にも理解できないものを感じます。

また、雨情の妻の「不躾」に関しては、のちにひろ婦人がこう語っていることが残っています。

「札幌から小樽に引っ越すとき、啄木さんがもう一人の青年といっしょに、手伝いにきてくれました。啄木さんは小柄な人でしたが、いろの白い目鼻立ちのととのった、きびきびした、鋭い頭を思わせる人でした。私はお腹に長女のみどり子をかかえ、今日明日生まれるばかりのお腹でしたので、わたしは荷物に腰かけたまま、無頓着な家の人をあれこれ指図して片づけてもらいましたから、それで啄木さんがびっくりしてそう書かれたのでしょう。啄木さんは文の達者な人ですからね。……わたしはそんな意地悪ではありませんよ。」（『みんなで書いた野口雨情伝』金の星社、「北海道時代の雨情」古茂田信男）。

また最近手にした鳥居省三『石川啄木――その釧路時代』（釧路新書）では、こう記しています。

「啄木は小樽でよく野口雨情と飲んだり同じ床の中で雑魚寝をしたりして話をしているが、どうやらその内容は主筆岩泉江東の批判であった。岩泉江東については従来の研究家にもわからないことが多いらしく、明らかにされていない。雨情によれば『前科三犯なり』という話で『江東の人格遂に我等の長とすべからず、且つ其編集の技倆陳にして拙、剰へ前科数犯ある兇児なるが故に』（小樽日報と予）というようなわけで、雨情とはかって、来樽早々、その追出し策をはじめたのであった。

そういう野口雨情も、かつて日露戦争中に男爵になろうとして大枚の金額を献じて失敗するとか、失敗に失敗を重ね、その果ては樺太にまで放浪するというようなことをした男であった。啄木はそういう雨情を時代の生んだ危険な児だとしながらも、『其趣味を同じうし社会に反逆するが故にまた我党の士なり哉』などといって同調したのであった。

ところがここに啄木にとって意外なことが持ち上がった。というのは、雨情が啄木を引き込んで主筆排斥の運動を密かに進めているのを知った同僚の記者仲間から、あれは実は、雨情が主筆岩泉を排斥したあとに自分が居座ろうと企てている陰謀であり、現在の策謀は啄木ら記者仲間と主筆との離間策であって、自分一人だけ美味い汁を吸うための計画であること歴然であるという情報をもたらしたことであった。啄木はこれを聞いて憤然とする。この情報は当然雨情にも伝わって、数日後、雨情が啄木に謝罪するという始末になった。勿論、この小さな事件が社の幹部に知られないで済むわけがなく、十月三十一日、野口雨情は退社の止むなきに至った。そして反対に、啄木が主筆に呼ばれて、増給を受け、月給二十五円になるという思いがけない結果になったのであった。しかしそのこととは別に、啄木が主筆を快く思っていなかったことに変わりなく『野口君は悪しきに非ざりき、主筆の権謀のみ。』と日記に書いている。」

この文に対しても指摘したい点がありますがそれはさておき、一読して感ずることは啄木の対応、態度に対して全く無批判なままに容認しているという「啄木サイドの文」ということです。

そして恐らく啄木「研究者」とみられる人たちに共通した「雨情観」の一つであろうという感じを抱かされたのです。

ほかに啄木と雨情の間で、二人の出会いのときの相違もありますが、右のことがらが主として取り上げられています。

これらの経緯については、伊藤整の『日本文壇史』（講談社刊）にくわしく記されてあります。岩泉主筆追い出し陰謀のてんまつについてふれ、

「だがそれから十日あまり経った十月三十日に、彼（啄木のこと―引用者）は次のやうな日記を書いた。

『主筆此日予を別室に呼び、俸給二十五円とする事及び、明後日より三面を独立させて予に帳面をもたせる事を云ひ、野口君の件を談れり。野口君は悪しきに非ざりき、主筆の陰謀のみ。』

岩泉主筆は自分を排斥する首謀者が野口であると考え、啄木を引立てて野口から離し、野口を追い出すこととしたのである。翌日、啄木は日記を次のやうに一行だけ書いた。

『野口君遂に退社す。主筆に売られたるなり。』結果としては、啄木が雨情を裏切ったと同様のことになった。そして啄木は、十月十六日の日記の野口雨情攻撃の部分を、八行の斜線を引いて抹消した。」

と記してあります。

のちに啄木には「悲しき思出―野口雨情君の北海道時代―」の一文があり、雨情には「札幌時代の石川啄木」があります。前者は、主筆追い出し陰謀事件にふれていますが、後者では、小樽時代のことにはふれられていません。

雨情は、のちのちにも周囲の人たちに、北海道まで「大変お世話になった石川啄木」と話してい

て、一定の敬意を表しています。

啄木はどうだったのでしょうか。「悲しき思い出」の末尾で、

「また、予の現在有ってゐる新聞編集に関する多少の知識も、野口君より得た事が土台になってゐる。

これは長く故人に徳としなければならぬ事だ。

それかと云って、野口君は決して（以下断絶）

〔明治四十一年九月二十一日　起稿〕」

となりますが、「それかと云って……」何を書き残そうとしたのでしょうか。

以上、啄木と雨情の関わりにふれてきたのは、啄木研究者の間で、何故に「東海の小島」歌と雨情の助言説を真正面から取り上げようとしないのか、この素朴な疑問が介在するからです。（平成十一年五月二十日発行『啄木と教師堀田秀子―「東海の小島」歌は八戸・蕪島―』沖積社）

四、雨情私論

はじめに

一～三までは私の文章ではなく、言わば引用文である。私は啄木関係の書籍を読んだ時に、文献引用や文献の紹介がされているのをよく見かけるのだが、いくら紹介されていても、啄木研究家ならばいざ知らず、私にとってその文献が容易に入手できなければ意味が薄いのである。「そんな文献もあるのか」で終わってしまう。また引用されてはいてもあまりに短く、部分的であると、理解が一方的に偏ったり、不充分に感じられることがあるのである。

私は啄木のプロの研究家ではないし、私の著書は広範な啄木愛好者を対象として書いているつもりなので、私が読者ならばこのくらいは紹介しておいた方が適当であろう、という思惑でかなり長目の文献引用となってしまった。啄木についての造詣の深い読者にはかなり余分と思われる引用も多いと思われるが、お許しあれ。

ともかく以下は文献引用ではなく、私が論考した文章である。

1　岩織政美論について

はじめに岩織政美氏の『啄木と教師堀田秀子〔東海の小島〕歌は八戸・蕪島』（沖積社）についての検討から始めることとする。

啄木と関係があったとされる多くの女性の中で、個人名が歌に詠まれているのはただ二人だけである。

・かの家のかの窓にこそ
　春の夜を
　秀子とともに蛙聴きけれ

・小奴といひし女の
　やはらかき
　耳朶なども忘れがたかり

秀子と小奴である。しかし小奴については啄木研究者に大きく取り上げられているが秀子については誰も取り上げられていないことに注目して、岩織政美氏は秀子に焦点を当てた研究成果を纏めた。これまであまり知られていなかった堀田秀子についての研究はそれなりの業績を感じさせるものではあるが、疑問とするところも多い。岩織政美氏は氏の郷土である八戸蕪島を売り出さんがために「東海の小島」の歌の小島は八戸の蕪島であり、それは堀田秀子を思って詠んだ歌と主張する。そのために雨情の書いたものをその根拠の一つとして論考の中に位置づけているのである。

「東海の小島蕪島」論については私は同意出来ないし、その理由は私の拙著『石川啄木　東海歌の謎』（同時代社）で述べているし、井上信興氏（『薄命の歌人　石川啄木小論集』渓水社）らも反対意見であるから論理の展開はそちらに譲るとして、野口雨情に関することに絞って所感をここで展開しておきたい。

岩織政美氏の『啄木と教師堀田秀子〔東海の小島〕は八戸・蕪島』は平成十一年五月二十日発行であるが、昭和六十年七月三十日発行の小林芳弘氏の『啄木と釧路の芸妓たち』（みやま書房）を参考になさらなかったように思える。

啄木研究者の間で、何故に「東海の小島」歌と雨情の助言説を真正面から取り上げようとしないのか、の理由が小林芳弘氏の著書で十分理解できるので、私が今更取り上げるまでもないこととは思うが、私なりの所感を付け加えておきたい。

岩織政美氏は雨情の妻だった「ひろ婦人」の著述を引用しているが、雨情とひろ婦人はその後離婚していることを岩織政美氏の著書では紹介していない。「夫人」ではなく「婦人」と書いていることで離婚を暗示しているかもしれないが、やはりそれだけでは説明不足であろう。それに私にはひろ婦人、高塩ひろが述べている内容が疑問でならない。

我が子が、今日明日生まれるかという日に、札幌から小樽への引っ越しをするとすればこの夫婦はまともな夫婦ではあるまい。まずこのことが第一の疑問である。それに雨情の長女は明治四十一年三月に生まれたが生後七日で亡くなっているのである。啄木が雨情の引っ越しの手伝いをした日、明治四十年十月十三日とは日付があまりに合わない。生後七日で亡くなった原因が早産だったとしたら、引っ越しの時期はあるいは悪阻の時期であったかも知れない。ともかくも高塩ひろは啄木に「不躾」と書かれたことを自己弁護するためにいい加減なことを書いているとしか思われない。岩織政美氏はそのことを見抜かないで引用したとしか思われないのである。

また私の見解では啄木は雨情に対しては単純とも思える一方的な好意を寄せているが、雨情は啄木に対しては様々な複雑な感情が錯綜しており単純ではない。以下にその論考を展開して行く。

2　啄木と雨情の関係

啄木と雨情では雨情が四歳年上である。明治四十年秋頃、札幌と小樽で啄木と雨情が交流していた頃、啄木は数えで二十二歳、雨情は二十六歳である。五〜六十歳ないしそれ以上の年齢となっての四歳の年齢差はそれほど大きなものではあるまいが、二十二歳と二十六歳の四歳の年齢差は大きい。常識的に二十六歳の雨情が上にたち二十二歳の啄木が下になる。

また新聞人としても雨情は先輩であり、雨情は啄木を指導し教える立場であった。啄木は中学時代から『岩手日報』に詩や評論などを投稿して新聞との関わりの経歴は古いものがあるが新聞記者の経験は函館での明治四十年八月十八日からで、しかも正規の記者というのではなく遊軍記者でしかない。しかも八月二十五日には例の大火であるから啄木の実際の記者経験は一週間でしかない。雨情の場合はその年の七月二十日に東京を発して八月には北鳴新聞の新聞記者をしているのである。そもそも啄木は当初は新聞記者としてではなく校正係としての就職口であったにすぎない。

ところが『啄木日記』やそのほかの文献、雨情の文献からでも、啄木は雨情を自分より上で先輩として位置づけている所感を得ることは出来ない。啄木と雨情は対等であり、行動面ではむしろ啄木が主導的でさえある。啄木は元々年上の友人であっても年上の人として敬い遇するということがあまりない。金田一京助は啄木より四歳年上だし、宮崎郁雨も一歳年上である。啄木が年上の友人として敬っているのは九歳年上の大島経男（野百合、流人）くらいであろう。九歳も年上ではさすがに対等という訳には行かなかったのであろう。

しかし四歳年上の雨情からしてみればどのように感じたであろうことか！　気になるところである。啄木は自分を遙に上回る行動力をもち、しかも小樽日報の主筆・岩泉江東排斥の企てに関しては、すっかり啄木に主導権を取られ、雨情は陰謀家として罵倒され、謝らせられ、哀れみをもって許されているのである。しかも結局のところは啄木は社内で出世し、雨情だけが小樽日報から追放される憂き目にあっているのである。雨情が啄木に対して面白い良い感情を抱く訳がないのである。

しかし雨情は、啄木と徹底的に争う自信も能力もない。雨情は外見的には「其風采の温順にして何人の前にも頭を低くする」しか出来ない性格なのである。面と向かっては何も出来ない人は、陰に廻ってやることしか出来ない。そして雨情の深層心理では、啄木に対する不快な陰性感情が澱のごとく沈殿して行ったとしても不思議ではない。

その後啄木は雨情との交流を再開する。それは後にようやく妻子を呼び寄せてはいるが当初は妻子を置いて単身北海道に漂泊してきたことなどの境遇が似ていることや、いずれは文学で名を上げるべく再度上京をもくろんでいたこと、共に反逆精神に富んでいる性格であること、などの共感するところが多くあるからであろう。

しかしながら、表面的付き合いをしていながら雨情の内心には、啄木に対する不快な陰性的感情が澱のように沈殿して行ったことであろう。四歳も年下の人物なのに雨情は啄木にはかなわないのである。雨情にとっては啄木は、実際的にも客観的にも自分より上に位置づけされているのである。いずれは自分の方が啄木よりも上に位置づけしたい雨情の心理を読み取ることが出来る。

これに対して啄木の方は雨情をどのように見ていたのか。啄木は、雨情が小樽日報を解雇され啄木が格上げされたことに雨情に同情し、「野口君は悪しきに非ざりき、主筆の権謀のみ」と日記に書く。しかし日記にそのように書いたからと言って、雨情がその日記を読む訳でもないであろうから、雨情が啄木に対して、雨情を売って啄木が出世したのだ、と啄木に対して強い不快感を抱いたとしても不思議ではない。

一方啄木は、その後に小樽日報から問題となった主筆・岩泉江東を追い出すことに成功するので、ここで雨情の仇を討ったことになると考えていたようである。啄木は雨情が啄木に対して不快感を抱いていたとは推察出来なかったようである。

そのために啄木は、釧路を出て函館に着き、さらに母親と妻子を小樽に迎えに行った時、明治四十一年四月十四日に雨情と会っている。そして一緒に上京しようと約束したが、雨情が上京したのは啄木上京の翌年である。雨情は啄木とは一緒に上京したくなかったのであろう。

啄木と雨情の関係を纏めてみると、啄木は雨情に対して自分との共通点が多いことから好意的感情が強い。しかし雨情は啄木の資質や能力を認めつつも、自分を年上や先輩として上位に位置づけているとは思えない啄木に対して、評価と不快感と交差した複雑な感情を抱いている。以上が啄木と雨情の二人の関係の私の論考である。

3　現代研究者の雨情への遠慮

雨情も啄木にいささか遅れて再上京を果たす。しかし雨情の芽が出始めるのは、啄木が亡くなり、大正九年以降からである。

なお前年の大正八年には新潮社から最初の『啄木全集』全三巻が出版されている。これには日記などがまだ公表される前の段階で完全なる全集ではないが、昭和二年（一九二七年）までに三九版を重ねている。

また昭和四年には新たに改造社から『石川啄木全集』全五巻が出版される。この全集に啄木が書いた既述紹介の、雨情が死んだという誤解に基づく雨情の追悼文「悲しき思ひ出」が初めて活字となって公表される。それに対して雨情も既述紹介のように昭和四年八月、『赭土』に「『悲しき思ひ出』について」を所感として公表しているのである。

そして同年の昭和四年十二月八日『週間朝日』に「石川啄木と小奴」、さらにその九年後の昭和十三年十月に『現代』に「札幌時代の石川啄木」を書いているのである。

昭和四年から昭和十三年ころといえば、雨情も詩人としてかなり名が売れて、亡くなってしまった啄木よりも有名となっていたかも知れない。しかし雨情にとってみれば『啄木全集』が二度に渡って出版されるなど、その存在の大きさが気障りであったことが推察される。

私は啄木について探究論考を始めてまだ四年程度に過ぎないし、いわんや雨情研究家ではない。だから雨情全集が最初に出版されたのはいつのことかの詳細は知らない。雨情については、石川啄木関係の文献と、『定本　野口雨情』第六巻（未来社、一九八六年九月二十五日発行）一冊のみしか参考文献はない。しかしおそらく昭和四年～十三年にかけてはまだ雨情の全集は出版されていないのではないだろうか？

ところで啄木は今では国際啄木学会が出来たり、『石川啄木事典』なるものが出版されているほどになっている。それほどの啄木についての評価がある一方で、啄木の陰性な部分についても色々と書かれている。

「まして啄木のような、実生活者としては怠け者で自堕落で、うそばっかりついたり借金ばかりしたり、家庭では専制者で女たらしの面もあり、そうしたエゴイストの生涯は、わたくしには異質の人格にみえる。冒頭に、わたくしは啄木をほとんど好きでないと言ったのは、具体的にはこれを指していう。（安西均『解釈と鑑賞』一九七四年五月号「啄木の低さ」）」

「衒気満々で、うぬぼれが強くハッタリが上手で、やみくもに負けず嫌いな啄木、嘘を言ったり、一時のごまかしを屁とも思わず、おのれのためには友情や世間の義理など踏みにじって昂然とうそぶく若い啄木。そのくせがっくりと気が弱くなったり、生活上の計画が乏しく、空想を飯の代わりに生きて居た啄木」（鈴木彦次郎・伊東圭一郎著『人間啄木』「序」、岩手日報）。

その他に岩城之徳は「啄木は社会的にはともかく家庭内では封建的専制者であった」と述べている。近藤典彦氏も最新の著書『『一握の砂』の研究』（おうふう）で啄木の小樽時代に主筆・岩泉江東を追い出した後の行為について、啄木の人間的嫌らしさを指摘している。私は啄木の我が子・京子に対する虐待は問題だと思っている。ようするに啄木研究家だからと言って身びいき的に、何でもかんでも啄木ひいきとしている訳ではない。また啄木自身も自身の嘘つきを自己批判する短歌を歌ったりしているのである。

・もう嘘をいはじと思ひきし
それは今朝——
今また一つ嘘をいへるかな。

・何となく、
自分を嘘のかたまりの如く思ひて、
目をばつぶれる

・今までのことを

みな嘘にしてみれど、
心少しも慰まざりき。
（『悲しき玩具』より）

雨情についてはどうなのであろうか。雨情の研究家や雨情愛好家は雨情の人間的欠陥について指摘しているのであろうか。あまりに身びいき過ぎて、雨情の問題点、欠陥をみようとしないでいるとすれば、雨情の生身の人間としての真実の姿が隠れてしまうのではないだろうか。

雨情研究者や雨情愛好家は雨情の「其風采の温順にして何人の前にも頭を低くする」外面的性格に騙され、その内部に潜む、陰謀家としての雨情を見つめることをしていないように思える。

また啄木研究者も雨情に対して評価が甘いようにしか私には思えない。金田一京助にしろ吉田孤羊にしろ、せいぜい雨情が書いたり喋ったりしていることは信用出来ず、「雨情を無視する」することを主張しているくらいで、何故雨情がそのようなことを書いたり、喋ったりするのか、その理由を分析解明することをしていない。これでは雨情を無視する根拠が弱く、雨情の名声に負けてしまう可能性が高くなるのである。

雨情の書いたものの矛盾について、見事なほどに緻密な分析を加えて納得のゆく解明をしている小林芳弘氏ですら「没後いち早く啄木作品の価値に気ずいたのであろうか。詩人の心を詩人も良く知っていたといふべきだろうか」と結んでいるくらいである。

私は、雨情はそれなりに評価される業績を残した文芸の人物であることを否定しようとは思わない。しかしそれに流されて雨情を批判したり、問題点を明確にすることを恐れたり遠慮したりすることはないと考えるのだが、如何なものであろう。

4　権謀術作陰謀家・野口雨情

私は臨床精神科医師として、精神科患者の偏見を招きかねないようなことは書きたくない気持ちがある。精神病院というあまり世間に知られていないところでは、そんなこともあるのか、という偏見を持たれることは本意ではない。しかしながら、経験した事実を隠匿すること、そのことがまた偏見を招くかも知れないので隠匿しない方が良いであろう、と思うようにもなっている。

私がそれまでドアの施錠や窓の鉄格子に象徴される閉鎖的であった精神病院を、ドアの施錠や鉄格子を廃止するだけでなく、家族同伴を条件としない外出外泊の回数の増加、金銭の自己管理の導入、病院に持ち込みを禁止されていたものの制限の縮小、男女交際の自由、その他様々な開放化に取り組んでいた時のエピソードがある。

そんなところへ、様々な問題をかかえ、社会で落ちこぼれてしまった人物が、精神的にうつ状態となって、紛れ込んで来ることがある。時には要注意人物も入院してくるのである。

ある患者（仮にAとしておく）が、入院してしばらくしてから自分の財布から金が盗まれた、と騒ぎだした。同室患者は六人であり、Aは当然のこととして自分以外の五人に疑いをかけたが、結局真犯人を特定することが出来ず、Ａは諦めてウヤムヤになってしまった。ところがその後その病室のＡ以外の患者のお金が盗まれることが頻発するようになったのである。

結論としてその犯人はＡであった。Ａは先に自分が被害にあったことを言いだして、犯人はＡ以外に居るということを他の患者や職員に思わせる行為をしておいてから犯行に及んだ知能犯であった。

私はＡが入院して来るまではそのような事件は発生していなかったし、Ａの諦めぶりの不自然さに気づき、最初からＡが犯人であることは薄々感じていたものである。悪辣な人物に対する用心については私もそれなりのプロなのである。

ところで雨情は次のような事を書いている。既述しているが再録してみる。

「石川啄木が没ってからいまだ二十年かそこらにしかならないのに、石川の伝記が往々誤り伝へられてゐるのは石川のためにも喜ばしいことではない。況んや石川が存生中の知人は今なほ沢山あるにも拘はらず、その伝記がたまたま誤り伝へられてゐるのを考へると、百年とか二百年とかさきの人々の伝記なぞは随分信をおけない杜撰なものであるとも思へば思はれます。ですから一片の記録によってその人の一生を速断するといふことは、考へてみれば早計なことではないでせうか。

私の思ふには、石川が最後に上京して朝日新聞在社時代の前後や、晩年の生活環境については、石川の恩人であった金田一京助氏が一番正確に知ってゐるはずで、同氏によってその時代のことを書かれたものが、正確なものだと考へられるが、北海道時代、ことに釧路時代の石川のことについては全く知る人が少いやうに思ふのでそれをここで述べてみよう」

この文章は私の患者だったＡが、最初に自分の財布からお金が盗まれたと主張しだしたことに類似するものである。Aは被害者であって、まさかAが加害者とは思わせないための布石である。

雨情のこの文章は、石川啄木の伝記が誤り伝えられることの弊害を始めに説いている。まさかこのようなことを言う雨情が、嘘偽りやデタラメを言い、弊害を起こさせる張本人とは、読者に思わせないための布石である。

雨情のこの知能犯的、悪辣さを読者はどのように理解するであろうか。

私は、雨情のこのような知能犯的悪辣さを最も早く見抜いていたのは啄木であったと推察している。啄木は雨情と交際し始めてしばらくしてから「雨情は陰謀家」と見破っているのである。『啄木日記』を再録してみよう。

「野口君より詳しく身の上話をきゝぬ。嘗って戦役中、五十万金を献じて男爵たらむとして以来、失敗また失敗、一度は樺太に流浪して具さに死生の苦辛を嘗めたりとか。彼は其風采の温順にして何人の前にも頭を低くするに似合はぬ隠謀の子なり。自ら曰く、予は善事をなす能はざれども悪事のためには如何なる計画も成しうるなりと。時代が生める危険の児なれども、其趣味を同じうし社会に反逆するが故にまた我党の士なり哉」

特に「彼は其風采の温順にして何人の前にも頭を低くするに似合はぬ隠謀の子なり」とは雨情の本質を捉えている。そして啄木もまた雨情に似たところがあり、共感するところがあったために親しい交流があったのであろう。雨情は「五十万金を献じて男爵たらむとして以来、失敗また失敗、一度は樺太に流浪して具さに死生の苦辛を嘗めたりとか」である。

啄木も父親の宝徳寺住職復帰のために渋民村で色々の画策をする（様々な陰謀を謀ったことであろう）

のであるが結局失敗に終わり、石をもて村を追われてきている。心情的に雨情に近いのである。しかし啄木は自分の死後、雨情によって自分のことをでたらめに書かれるとは思ってもみなかったことであろう。

雨情のでたらめぶりは『定本　野口雨情』第六巻「童話・随筆・エッセイ・小品」（監修　秋山清・伊藤信吉・住井すゑ・野口存彌、未来社）一冊を読んだだけでも解明が容易である。

解題の四六九頁下段で、雨情の北海道への東京出発を「明治四十年七月二十日夜」と厳密に正確に特定していながら、「西条氏の思ひ出」（三六〇頁～三六一頁）の中で「さて、明治四十三年と思ひますから……後略……。その後私は北海道へ渡って……」となっている。同じ書籍の中に雨情が北海道に行ったのは明治四十年七月二十日、と明治四十三年以後、の二つが掲載されているのである。また同書四二二頁では上野駅を立って行った時、雨情自身は「私はその時二十三歳の青年であった」と書いている。雨情は明治十五年五月二十九日生まれである。満勘定で二十三歳ならば明治三十八年であるし、数え年二十三歳ならば明治三十七年のことになる。これらの矛盾を同書ではなにも解説していない。実際は明治四十年七月二十日、雨情満年齢二十五歳、数え歳二十六歳の時である。仮に雨情がいうように明治四十三年以後ということであれば数え歳雨情二十九歳の時になってしまう。

雨情の言っていることがいかにいい加減で、でたらめであるかが知れようというものである。この書の監修者たちは雨情のこのようないい加減さに対してまったく無頓着としかいいようがない。叙情的に心情的に雨情愛好家にとってはそれでよいのかも知れないが、少なくとも研究者にとってはいいかげんなことでは困るのである。

啄木の場合にこのようなことが発生したら徹底的に議論されることであろう。結論が出なくとも、東海歌の原風景はどこかなどという問題は未だに議論が続いているのである。雨情の場合は議論が発生すらしていないのではないか。

それなのに雨情研究者は主張する。雨情の「石川啄木と小奴」について「本編は雨情が明治四十二年十一月ごろ北海道を引き上げたあと、東京でしばしば啄木と会った事実があるのを物語っている。このことは啄木日記の明治四十三年の項が大部分空白となっているので、啄木日記からは知ることの出来ない事実である」（前掲『定本　野口雨情』第六巻「解題」、未来社）

私に言わせれば、雨情の「石川啄木と小奴」は、雨情の狡猾さや陰謀家としての本質的性質を最もよく証明しているものに他ならないものである。日記が空白になっている部分を補っているとは、何というお角違いを主張するものであろうか。

陰謀というものは、虚構を事実として誤解させるために、事実と虚構を織りまぜるので全体としては信用がおけなくなる。小林芳弘氏ぐらいに緻密に分析して、陰謀の中の事実と虚構をかぎ分けることが出来なければ参考とはならない。むしろ毒薬的役割を果たしていくのである。それを避けるためには次善の策としてはやはり無視すること、取り上げないことが一番なのである。

5　雨情の狙い

雨情の文章を注意深く読んで気がついたこと、論考したことを書いてみたい。

雨情は「全集中の「悲しき思ひ出」は、私はまだ読んでゐませんが」と書いているが、とても信用出来るものではない。自分が死んだと誤解され、それについて啄木が追悼文を書いたものが公表されて、それを読むこともせずにそのことに対する論評など書けるものではあるまい。自分の追悼文を啄木がどのように書いたかについての好奇心を雨情が抑圧したとはとても考えられない。

では何故「私はまだ読んでゐませんが」とわざわざ書いたのであろうか？　この疑問が生じてくる。実はそのように書かなければ、当然のこととして雨情は啄木の文章を読んだものと読者に解釈されるから、それを避けるために、読んでいなかったことにしなければならなかったのであろう。常識的に考えて、雨情が、初めて公表された啄木が書いた雨情の追悼文を読んでいない、などとはあまりにも不自然である。むしろ『啄木全集』全五巻の中では真先に読んだものと思われるくらいである。

では何故「読んでゐなかった」ことにしなければならなかったのかの疑問が発生してくるが、実は啄木の文章の内容が雨情にとっては触れたくない内容だったからであろう。雨情は啄木全集に掲載された「悲しき思ひ出」を一度読んだ瞬間に、これは読まなかったことにしなければならなかった。実は、その内容には陰謀家としての雨情のことが暴露されていたためである。

雨情が読んだことにすれば、啄木が書いている、雨情や啄木らの当時の小樽日報主筆・岩泉江東排斥の密議や陰謀について、真実か否かについて雨情は答えなければならい羽目に陥るのである。それについて関係者がまだ生存活躍していた時期に雨情は真実を言いたくなかったに違いない。そのためには読んでいなかったことにするのが一番最良だったのである。

次に「石川啄木と小奴」「札幌時代の石川啄木」に共通していることがある。それは雨情が文章として残したものでなく喋ったことが伝えられている「東海歌についての伝聞」にも共通しているものである。

これらに共通しているものは、雨情と啄木の上下関係の逆転である。実際は雨情は啄木に陰謀家と罵倒され、許しを乞うために謝罪し、哀れに思われて許されている。歳は四歳年下の啄木が完全に雨情よりも上に位置づけられている。

始めに「石川啄木と小奴」を検討してみよう。雨情は小奴を「丸顔で……」と書いているが小林芳弘氏の著作『啄木と釧路の芸妓たち』（みやま書房）や『石川啄木傳』（岩城之徳、東寶書房）の写真の小奴はむしろ面長な感じで丸顔とは見えない。ここらあたりから既に雨情の書いているうさんくささが気になってくる。

そして「石川啄木と小奴」全体を通しての印象では、小奴を捨てて行った冷たい啄木に対して、雨情は小奴に同情して啄木との仲を取り持つことをしようとする温かい人物として描かれているのである。実際は啄木が上京した後も小奴との関係はそんなに冷たくなったり悪化したりした訳ではなく、手紙のやり取り、啄木の就職祝い金のカンパ、実際に小奴が上京時の再会、などがある。雨情が描いているのは、啄木上京後の半年間ばかりの間の一時期について、小林芳弘氏に言わせれば小国露堂から聞いた内容のまた聞きによる六ヶ月間ほどのことに過ぎない。それがその後もずっとそうであったかのように描くので嘘がばれてしまうのである。

「札幌時代の石川啄木」ではもっと酷い。

啄木は雨情の前では貧乏な乞食坊主であり、雨情は啄木に恵んでやる立場に描かれている。仕事も雨情が紹介していることになっている。啄木は雨情から世話を受ける立場、雨情は啄木の世話をする立場、として描かれているのである。雨情にかかれば啄木の腰の曲がった母や妻子は厩の二階に住まわせられるのだから、あまりと言えばあまりである。

「東海歌の伝聞」の内容も、雨情が啄木の歌を指導添削している立場として描かれているのである。雨情が描く啄木と雨情の関係は、雨情が上であり、啄木が下となっていることがその共通した特徴となっている。

このことが雨情の最大の狙いであったのであろう。

次に雨情が何故このようなでっちあげを書いたり喋ったりすることが出来たかについて考えてみよう。実は以前には啄木については分からないことがかなりあった。特に啄木全集や日記が公表されるまでは不明のことが多かった。そのために雨情は自分しか知らないこととして、自分本意にでっち上げをしてもそれを咎めることの出来る人は居なかったのである。だから雨情の自分の都合や心情に合わせていくらでもでっち上げが可能であったのである。

例えば、「東海歌」が活字で公開されたのは『明星』(明治四十一年七月号)が初めてであるが、どんな時期に詠まれたのかの特定が出来なかった。だから雨情は、啄木が北海道時代に詠んだ歌だ、と言ってもそれを否定することは誰にも出来なかった。「故郷の山に向ひて　言ふことなし　故郷の山は　有り難きかな」（明治四十三年八月二十八日作）も雨情は北海道で歌った歌と書いている。これも嘘であるが誰もそれに異論を唱えることができなかった。だから雨情は自分しか知らないこととしていくらでもでっち上げが出来たのである。その時雨情は、後に「東海歌」が最初に自筆で記載された「歌稿ノート暇ナ時」が発見されるなどとは夢にも思わなかったであろう。

「東海歌」が書かれた「歌稿ノート暇ナ時」が発見され、それが活字となって日の目を見たのは昭和三十一年十月、東京八木書店から複製版（限定一〇〇〇冊）が出版されてからなのである。雨情は昭和二十年（一九四五年）一月二十七日に亡くなっているので、そのことは知らずに亡くなっている。

また啄木日記全文が公開さたのは昭和二十三年から二十四年にかけての『石川啄木日記』Ⅰ、Ⅱ、Ⅲ（石川正雄編集、世界評論社）であり、やはり雨情は読んでいない。啄木日記を読めば、雨情のでたらめぶりは白日の下にさらけ出されたも同然であるが、雨情はそんな事態になるとは夢にも思わないでそのまま亡くなっているのである。

雨情は、自分の書いたことの嘘偽りがあからさまにされることを知らないままこの世を去っている。ある意味では幸せだったかもしれないが、あの世では啄木にしこたま叱られているかも知れない。それはさておき、啄木・雨情たちは亡くなってしまったとしても、残された我々はやはり真実から目をそらすわけにはいくまい。雨情の名声がどんなに高くともそんなことにはたじろくことなく事実を直視していかなければならない。

なお、啄木の明治四十年十月十三日の日記に「野口君の移転に行きて手伝ふ。野口君の妻君の不躾と同君の不見識に一驚を喫し、愍然の情に不堪」と書かれた妻とはその後離婚となっている。不躾と不見識とどちらに問題があったかを論ずることは出来ないことではあるが、結婚生活においても雨情は啄木に負けていたようである。

五、続・雨情私論

1　雨情序論

雨情ともあろう人物が、啄木について書いた文章はあまりにもでたらめで、啄木愛好者や啄木研究者の側から見れば雨情不信の論考が生じても当然である。私の視点では雨情は陰謀家としか映らない。

しかしそのために雨情が、何故かくの如きでたらめを書くのか、その理由、背景、雨情の心理状態などに新たな興味が湧いて来る。

雨情の作品の題目だけを列挙してみる。

「十五夜お月さん」「枯れすすき（後の船頭小唄）」「七つの子」「青い眼の人形」「赤い靴」「シャボン玉」「黄金虫」「波浮の港」「あの町この町」「証城寺の狸囃子」「雨降りお月さん」……。

これらの歌は特別な雨情愛好者でなくとも日本人であれば誰でも聞き覚えている歌であろう。それだけ人々の心に広く深く染み渡っている。そしてこれらの歌から連想される雨情は、純真で叙情性に富んだ詩人であり、穏やかで優しい柔和な、人格円満な人柄しか想像出来ない。ましてや陰謀家雨情などとはもってのほかのことであり想像すら出来ない。雨情愛好家にとっては人格円満な雨情が本当の雨情の姿であって、陰謀家雨情などとはとんでもない誤解に基づく言いがかりのようでものである。

しかし、雨情本人が書いたものも含めて啄木関係の文献から浮かび上がってくる雨情の姿からは、人格円満なものとは程遠い別の姿の雨情が浮かび上がって来るのである。

私は雨情研究家ではないが私なりに調べた雨情像を抽出してみたいと思った。しかし啄木に取り組んだ初期と同じように、雨情という人物も一筋縄では行かない、啄木に似たところを感じてしまう。ともかくも雨情の出自、年譜から始めることとする。

2　雨情の年譜

明治十五年（一八八二年）五月二十九日、茨城県多賀郡北中郷村磯原に廻船問屋の長男として生まれる。本名・英吉

明治二十七年（一八九四年）～翌年　日清戦争

明治三十四年（一九〇一年）東京専門学校高等予科文学科（現早稲田大学）に入学

明治三十五年（一九〇二年）家業の没落が原因で中退。
明治三十七年（一九〇四年）～翌年　日露戦争
明治三十七年（一九〇四年）高塩ひろと結婚。
明治三十八年（一九〇五年）処女詩集『枯れ葉』刊行
明治三十九年（一九〇六年）三月　長男雅夫誕生
明治三十九年（一九〇六年）七月、十月と二度樺太へ？
明治四十年（一九〇七年）七月、北海道へ
九月、小樽にて啄木と四十日間の交流
明治四十一年（一九〇八年）長女をもうけるも七日で死去。
明治四十二年（一九〇九年）北海道を引き揚げる。
大正三年（一九一四年）～四年間　第一次世界大戦
大正四年（一九一五年）高塩ひろと離婚
大正七年（一九一八年）中里つると再婚
大正八年（一九一九年）詩集『都会と田園』刊行
大正八年（一九一九年）童謡童話雑誌『金の船』創刊
大正十二年（一九二三年）関東大震災
昭和一年（一九二六年）ＮＨＫ創立
昭和四年（一九二九年）「啄木の『悲しき思ひ出』について」執筆

昭和　四　年（一九二九年）「石川啄木と小奴」執筆
昭和十三年（一九三八年）「札幌時代の石川啄木」執筆
昭和十四年（一九三九年）～六年間　第二次世界大戦
昭和二十年（一九四五年）一月二十七日、六十二歳にて永眠。

3　雨情の二面性

私が啄木を探究し始めて『石川啄木　悲哀の源泉』を書いていた頃、啄木の人格がよく判らなくて右往左往したものである。今ではそのころよりかなりわかってきたつもりである。啄木がわかりずらかったのは、啄木の幼少時から一貫した性質のものと、年々歳々人格が成長発達していくものとの兼ね合いの理解がうまくいかなかったからである。特に節子の家出事件以後の啄木の自己変革は急激で、それ以前の啄木と以後の啄木とではまるで別人と思わせる程なのである。郁雨宛の手紙によれば「去年の末に打撃（妻の家出で事件）をうけて以来、僕の思想は急激に変化した、僕の心は隅から隅まで、もとの僕ではなくなった様に思はれた」のである。このことはただ啄木がこのことを郁雨に書いているだけではなくて、北原白秋や丸谷喜市も啄木が死去する二～三年前からの人格変貌としてそのことを類推することを記載している。啄木理解は単純には行かないのである。

ところで雨情についても二面性があるように思われる。

雨情が詩人として頭角を表して世間に認められるのは大正八年（一九一九年）に童謡童話雑誌『金の船』が創刊され、翌年からそれに作品を掲載されてからである。この時雨情は既に三十八歳となっている。二十二歳の時に結婚した、啄木から不躾と言われた最初の妻・高塩ひろとは三十三歳の時に別れて、三十六歳で中里つると再婚している。三十六歳と言えば一般的な青春時代は過ぎてからのことであるが、雨情にとっての真の青春時代は中里つるとの出会いから始まったと言って良いのかも知れない。また雨情は啄木と比較して、自分の作品が世間から広く認められることを知ることが出来たということでは幸福であり恵まれている。

それならば雨情の二十歳代の青春時代はどんなものと考えられるのだろうかを論考してみたい。

雨情は裕福な廻船問屋の長男として生まれて裕福な幼少時代を送っている。貧しい村ながら村の寺の住職の子供として近辺の農家よりは経済的に安定して、特に母親に溺愛されてわがままいっぱいに育ってきた啄木と似ているところがある。

雨情は行商の飴売りの飴ばかりか商売道具の飴箱を欲しがり、そのため両親は大工に新しい飴箱を作らせて飴売りにやり、その時まで飴売りが持っていた飴箱を雨情に与えたという。夜中に母親を叩き起こしてゆべし餅を作らせた啄木と似たところがある。

ところが実家の経済的没落で青年時代の雨情は樺太や北海道を彷徨しなければならなくなるのだから落差が激しい。この点でも父・一禎の宝徳寺住職罷免後の啄木一家の零落ぶりと似ている。

啄木の零落ぶりは理由も経過もかなり判っているが、雨情の場合はその零落の経過が詳細不明のようである。雨情は自己の暗い陰鬱な部分をあまり語りたがらなかったからであろう。参考に足る資料があまり残されていないようなのである。

ともかくも啄木と同じように故郷には居られない状況が発生し、雨情はその後東京に向かうがそこでも生活が成り立たず、樺太とか北海道に彷徨い歩かねばならなくなり、そこで啄木と知り合うのである。

啄木と雨情は色々なところで似たところが多いが、落ちぶれて北海道に彷徨い出てきたが、いずれは上京して文筆で名を上げよう、ともくろんでいた点でも共通しており、心情が同じで引き付け合うものがあり直ぐに親交が生じている。

なお、啄木と雨情の近似性については山下多恵子氏が「啄木と雨情―明治四十年小樽の青春―」(『北方文学』五十号、一九九六年六月号)で詳細に述べている。

喧嘩となったこともあるが直ぐに仲直りしており、啄木は雨情については比較的好意的に思っていたようである。そのことを雨情が死んだと勘違いして書いた啄木の「悲しき思ひ出」から読み取ることが出来る。

しかし雨情が啄木と知り合ったのは、雨情の人生にとってはあまり触れたくない暗くて陰鬱な時期である。結婚生活も友人(啄木)に不躾な態度しか取れない妻(その後は離婚となっている)とも円滑でなかった時期であったことが推察される。また雨情自身は啄木については複雑な感情をもっており、資質能力を認めつつもむしろ不快嫌悪感情の方が強かったであろうことが推察される。

啄木死去後、啄木の名声は次第に高くなっていくのであるが、雨情にしてみれば啄木に対する感情は啄木の名声が高くなって行くのと比例してますます複雑怪奇なものに膨らんでいったものと推察される。

雨情の心情としては、実際に雨情が感じた啄木とは異なる姿で啄木が世間に喧伝されていくことに対して「実際は違うのだ」と色々と言いたいことがあったと思われる。そしてそれが啄木に対する不快感情と錯綜してあのような文章になったものと思われる。

雨情の側にたって何故あのような文章を書いたのかを論考してみると、雨情の心理状態がわからぬではないが、やはり雨情が書いたものは事実ではなくて雨情がそう思いたいことを書いただけの捏造された文章であることには間違いあるまい。

青春時代は、未来に対する夢と若さと活力に満ちた明るい元気に溢れた時代である。しかしその逆の意味もある。夢が挫折するのも青春時代の特性の一つであろう。失恋、野望の失敗、繰り返される挫折、これらも青春の特性の一つであろう。

雨情の二十歳代の青春は、暗い、人にはあまり伝えたくない内容のものだったのであろう。小樽時代の雨情はそんな暗い青春真っ只中に居たのである。だからありのままの小樽時代、当時の妻とのありのままの生活、ありのままの啄木との交際、これらを書き記すことは雨情には出来なかったのであろう。雨情流に歪曲捏造して書き残すしか出来なかったのである。

幸いなことに雨情はその後は、いささか年をへてからではあるが、良い連れ合いと巡り合って、雨情にとっては本当の意味での明るい良い青春時代を迎える。それは啄木に比較して大きく異なり、幸福なことである。啄木は悲しい青春時代しか知らない。啄木と比較して特にそのように思われる。しかし雨情の頭の中では啄木は、どうしても不快感情の強い人物だったことしか頭に浮かんでこない。

そこに童謡に表現された人の心を打つ純真な雨情と別人格の雨情、単純でない多面性を内包している雨情に、むしろ私は人間としての興味が増すのである。

補遺　天野仁氏の論考について

私が野口雨情について初めて論考を公にしたのは『青森文学』73号二〇〇五年十一月号である。その後偶然にも二〇〇五年十月二十日付の天野仁氏個人編輯『大阪通信㉗』を入手することが出来た。その中で天野仁氏は「随想　伝記的虚実のはざまでたずねる　啄木曼荼羅⑿　啄木をけなし歪めた雨情の真意は？」という小論を書いている。

その内容は、雨情の名声に遠慮せずに雨情の嘘偽りを糾弾すべき、という点では私と略同じ見解である。略同じ時期に略同じ内容を論考している人物も居るものだ、と思うと感慨深いものがある。ただ小林芳弘氏の引用の仕方がかなり異なるのでその部分だけをことわっておきたい。天野仁氏の小論には次のように書かれている。

＊　＊　＊

小林芳弘著の『啄木と釧路の芸妓たち』（昭和60年7月発行）によれば、

この歌（東海歌）の原作は、

東海の小島の磯の渚辺に

われ泣きぬれて
蟹と遊べり

だったという。これを一杯やりながら啄木から示されると暫く眺めていた雨情は『石川さん、これでも良がんしょうが、渚辺は白砂に直した方が良いと思いやんすね。それに遊べりでは子どもっぽく聞こえるので、『たはむる』と書き直した方が良いんじゃありやせんか、私やその方が良いと思いやんすがね』と言ったそうで、啄木はその助言に従ってあの歌が生まれたという！（後略）

という裏話を又聞きにしたという、なんら根拠のないでたらめな作り話が、まことしやかに紹介されているそうである。

これは野口雨情の発言を契機に、更に話題提供をねらって、雨情擁護のために啄木の存在を利用したのだろう。（以下略）

＊　＊　＊

天野仁氏は「……まことしやかに紹介されているそうである。」と書いており、実際に小林芳弘氏の『啄木と釧路の芸妓たち』を読まないでの又聞で引用していると解釈されても仕方がないような文章となっている。

私の理解では、小林芳弘氏は今から二十年も前の著作で雨情のでたらめ振りを最も鋭く指摘分析している最初の研究者であって「雨情擁護のために啄木の存在を利用したのだろう」とは何かの勘違いとしか思えない。文献引用が部分的だととんでもない誤りをしてしまうことがあるので要注意と思われる。

ただ『啄木と釧路の芸妓たち』という書名が、如何にも俗っぽい印象を与えていて、この名著の内容を誤解させているように思えてならないのが残念と言えば残念である。

おわりに

人は騙されたと判明すると立腹するものである。私は啄木の東海歌について論考していた当時（『石川啄木　東海歌の謎』同時代社執筆当時）、雨情に翻弄されてしまい、その時は雨情に対して無闇に腹が立ってしょうがなかった。そして本編の一、二、三、四まで書き進んできた。しかし幾らかでも雨情を調べてみて雨情の心境が理解できてくると、さほど腹立たしさは感じなくなっている。陰謀のような捏造のような文章を書く雨情の心情が理解出来るような気持ちになってきたからのようである。

しかし科学的学問研究の姿勢という視点からすれば、啄木に関する雨情の文章はやはり陰謀であり、捏造であるという私の視点は些かも変わるものではない。啄木理解のためには雨情の文章はそのまま参考にするわけには行かないのである。

また雨情研究者に対しては、雨情の書いたものだからということで鵜呑みにすることなく、他の資料で厳密に吟味してかからないと、事実から逸れていくかも知れないことに注意していただきたい、ということをお願いしたい。

本稿執筆にあたり、「啄木と雨情―明治四十年小樽の青春―」（山下多恵子『北方文学』五十号、一九九九年六月）が大いに参考になった。多くの参考資料を駆使して綿密な論考がなされている。

山下多恵子氏と私とでは、郁雨と節子の問題、いわゆる節子の晩節問題では意見を異にするようであるが、この項目については大いに参考にさせていただいたことを特記しておきたい。

なお山下多恵子氏と私との雨情観の違いを少しだけ述べておきたい。

山下多恵子氏の最新の文章で次のようなものがある。

「私がこのことで思い出したのは、野口雨情のことである。雨情の『札幌時代の石川啄木』という文章は、啄木が日記や手紙にリアルタイムに描き出したのとはあまりにかけ離れた内容となっている。その時の二人の年齢から人間関係、エピソードにいたるまで。人間の記憶とはこんなにあやふやなものだろうか、とつくづく考えさせられたのである」（『国際啄木学会研究年報臨時号』二〇〇五年十月二十二日）

そして雨情は、事実にこだわらないであやふやな記憶をそのまま書くような性格であったと理解出来るような文章へと続いている。文章全体は雨情について述べることが趣旨ではないのであるが、山下多恵子氏の雨情についてとらえ方は表層的と私には思えるのである。

私の理解では、雨情は啄木についてあやふやな記憶を書いたのではない。嘘と知りつつ意識して計画的に捏造、つまりでっち上げを書いたとしか思えない。叙情詩人としての雨情ではなく、別の面の陰謀家としての雨情を理解すれば了解出来ることである。

啄木と郁雨

——義絶の真相

一、啄木の忠操恐怖症

はじめに

二〇〇五年四月十二日、第二回啄木忌前夜祭（於岩手大学教育学部）に招かれて、啄木節子結婚一〇〇周年を記念して「啄木節子の夫婦仲」と題して講演を行った。その時の私の話の内容として「啄木の忠操恐怖症」について「興味深い、もっと調べてみたい」といった旨のフロアからの感想が寄せられた。

「啄木の忠操恐怖症」はこれまで誰も言いだした人はいないらしく、どうも私が言い出しっぺのようである。そのため他の人に調べてもらう前に私なりにもう少し詳細に纏めてみようという気になって書いたのが以下の小論である。

1　堀合忠操（以下忠操）の出自

忠操は、啄木の妻・節子の父親であるが、資料が少なく『石川啄木事典』（国際啄木学会編、おうふう）でも記載されていない。そのためどんな人物であるかの特定が困難である。しかしながら少ないながらも資料は皆無というわけでもない。私なりに忠操という人物の概要を捉えてみたく思う。

忠操の父・忠行は同じ盛岡の加藤家から堀合家に養子に入り、女三人男二人の五人の子供に恵まれる。忠操は姉二人が生まれた次に安政五年（一八五九年）十一月一日生まれの長男である。下に弟・正五郎と妹が生まれている。

忠操は若くして仙台の陸軍教導団（明治期の陸軍の下士官〔軍の下級幹部〕養成機関）に入り、その後東京の教導団に移る。

しかし、その後実父・忠行の失明により中途でやめて盛岡に帰省し、明治十五年（一八八二年）二十三歳の頃に岩手郡役所に奉職し、雇から書記に進み、後には兵事主任兼学務係となっている。

兵事とは徴兵に伴うこまごまとした事務を取り扱う仕事である。当時の日本は富国強兵策をとっていたし、明治二十七年（一八九四年）から翌年にかけて日清戦争、明治三十七年（一九〇四年）から翌年にかけて日露戦争があった時代であるから、それなりの重要な意味のある役職であった。学務係の仕事の内容の詳細は不明であるが、教育に関係する事務的仕事と推定される。兵事、学務係共に地方の青少年を対象とした仕事である。

ところで明治二十一年（一八八八年）一月、実父・忠行の実家の加藤家が廃家となったため忠行は次男・正五郎を連れて堀合家を出て、加藤家を再興している。忠操が二十九歳の時でありその時から忠操は堀合家の当主となるのである。

なお加藤家堀合家ともに元は士族であったが、明治維新の時に南部藩が幕軍に付いたため士族からはずされた。しかしその後堀合家は明治三十年（一八九七年）十一月、忠操三十八歳の時に、忠操の願いにより再び士族に編入されている。

2　軍人教育者・忠操

忠操は教導団出身の軍曹であった。当時の軍隊についての私の知識は浅薄なものであるが、私の所感を述べておく。軍隊は、士官（将校と言われる上級幹部）、下士官（曹長、軍曹、伍長、などの下級幹部）、そして末端には一等兵とか最下部には二等兵などで組織されている。

なお南極大陸探検で有名な白瀬中尉も実は陸軍教導団の出身であるから、教導団出身でも優秀な人材は曹長を越えて中尉にまでなれることも可能だったようである。

士官や下士官は職業軍人的なものであり、一等兵、二等兵は一般から徴兵されてきた兵士であろう。士官は軍隊の上級幹部で作戦などを練り上げる役目があり、下士官は徴兵されてきた素人集団を現場で教育する、つまり素人の一般人をプロの兵士に教育する役割がある。つまり素人をプロに鍛え上げる役割が下士官の重要な任務となる。

だから教育される方の下級兵からすれば、直接現実的に一番恐ろしいのは下士官ということになる。忠操が「鬼軍曹と呼ばれ兵士たちから恐れられていた」ということも理解出来るものである。上に「鬼」が付くのは「鬼軍曹」がピッタリである。「鬼大将」とはあまり聞いたことがなくシックリとはしない。そしてこの鬼とは誰に対して鬼であるか、というと敵兵にとって鬼なのではなくて部下の兵隊にとって鬼なのである。

忠操のこのような厳しい性質は軍隊の現場を離れ、地方の役所の事務関係の仕事に就いたとしても、また家庭内の子供に対する教育姿勢にあたっても変わることなく、厳格さを維持していたものと推測される。

3　忠操の人格

ところで軍隊というところは厳格な規律という硬派的な要素から、軍人と言えば保守的で堅物的印象が強い。ましてや職業軍人となればなおさらである。しかし軍というところはその性質上、自然科学分野だけでなくあらゆる分野における最新の知識が必要なところでもある。特に明治初期は欧米の文化を取り入れるに急であった。日本の軍隊も旧式な武士侍中心の時代から近代的軍隊への転換期である。それに忠操は仙台の教導団から東京の教導団に移っている。忠操が青年時代を東京で過ごしたことは忠操の近代的思想形成に大きな影響を与えたことと思われる。

忠操の学歴については詳細不明である。しかし東京の教導団で学んだことが忠操の知性や教養を高めて行ったことと推察される。例えて言えば、読み書きもろくに出来ないようでは下士官は勤まらないであろう。徴兵されてくる新米兵士の中には学歴もそれなりにある人物も居たであろうから、彼らを教育指導して行くためには彼らに負けない一般教養なども必要であり、それらは教導団の中で身に付けて行ったものと推察される。

私が少しばかり注目していることとして節子がヴァイオリンをひくことが出来たということがある。あの時代に自分の娘には琴でも習わせるならば理解出来るのだが、盛岡という中央から離れた地方の田舎都市で長女にヴァイオリンを習わせていたということに、忠操の近代性、ハイカラ性を感ずるのである。忠操の従弟の村上祐兵は、郁雨の妻となる忠操の次女・ふき子について郁雨に「掘合の娘達はハイカラだからなあ」と言って宮崎家のような商家に向くかどうか危惧していたという。

ところである人物のものの見方考え方、思想性、文化性を知るにはその人物が書いた文章を読むことが一番である。ということで忠操が書き残した文章を参考にしていただきたい。（参考資料「一禎宛忠操の手紙」）

忠操から一禎宛のこの手紙は、啄木の長女・京子が須見正雄と結婚するに当たって石川家の当主が不在のために啄木の父親である一禎を石川家の当主と見做して許可を得るために書いたものである。この手紙から忠操の窺い知れる人格像を抽出してみよう。

忠操の学歴は詳細不明ながら文語調のこの手紙を書ける忠操の一般教養の高さはかなりのものと推察される。当時としては一級の文化人であることが推察出来る。

次に忠操は家系とか家を重視していることが理解出来る。そのことは自分の実父が加藤家から堀合家に養子に入ってきたにもかかわらず加藤家が断絶しそうになったために実父は弟を連れて加藤家再興のために堀合家を出ていったことを青年期に見ていたことと関係しているように思われる。家系は簡単に断絶すべきものではない、という考えが強く刷り込まれているようである。これは江戸時代以来の封建主義的思想の名残であろう。

そして忠操にとって節子や啄木の子供などの遺族は、本来は石川家に属する存在なのである。そのため忠操の考えでは京子は他家に嫁ぐのではなく養子を貰って石川家を継承していかなければならない。幸い京子と恋愛関係になった須見正雄（忠操の手紙では真佐雄となっている）は須見家の次男で須見家を継承する義務のない自由な立場であったので本人も周囲も正雄が養子に入ることに障害がなかったのである。

そして忠操は石川家に養子を迎えるには肝心の石川家の承諾を得なければならない。そのために啄木の父親・一禎にその旨の手紙を書いたのである。ところが一禎には家系というものが曖昧でしかない。私の見解では一禎の真の父親を特定することが出来ない（『石川啄木　骨肉の怨』同時代社）。石川家から養子に出され、戻され、寺に出され、であり一禎には実家らしい実家は存在していない。また京子の縁談が生じた頃の一禎は世捨て人となって娘婿の山本家の居候になって居て、石川家の当主としての役割を充分に果たす力量も意志もなかったものと思われる。であるから一禎を石川家の当主と見做すことも実質的な意味があるわけでもなく、形式的なものでしかない。しかし忠操は形式的礼儀として一禎の存在を重視した考えのようである。

なおこの手紙は一禎宛のものであるが、一禎が保管して資料として残存していたものではない。実は忠操はこの手紙を書く前に、啄木の墓を函館の立待岬に建立する際に一禎の了解を取り付ける手紙を書いている。この時の一禎は自分がそのことについての意見を述べる資格も意志も無いものと判断したのか「お任せする」という態度であったらしい。しかし一禎のそういう態度を示す証拠が残されていない。そのために墓建立の運びとなったのであるが、啄木の妹・光子が石川家の墓を函館に建立することに猛然と反対したというエピソードが発生している。（『石川啄木悲哀の源泉』「啄木没後の暗闘」同時代社）

光子から言わせれば石川家の誰にも了解を得ないまま石川家の墓を建立することには賛成出来ないということである。光子の反対はあったのだが、他に石川家の墓を建立する話はどこからも出てくることもなく、結局墓は函館の立待岬に建立されることとなった。しかし、この時のような悶着が京子の縁談については発生させないようにするために、証拠となるように忠操はこの手紙については同文の控え（今で言えばコピー）を取っておいた。そのような経過でこの手紙は同文の控え文書として堀合家に保管されていた。そのために活字化して公表することが出来たのである。

このようなエピソードから忠操の用意周到な慎重な性格が窺える。また手紙の内容では忠操に哀果から送られた『啄木全集』の印税の大部分（二千八百円のうち二千六百円）を安易に消費しないで貯蓄しておくような先を見通す計画性をも身に付けているようである。

このように忠操の人格を見ていくと、軍人としての厳格性と勤勉実直な近代人としての高度の文化的教養を身につけ、他方では封建的家系を重んじ、礼儀作法などの形式を重視する人物と思われる。また軽佻浮薄とは正反対の用意周到で慎重な、そして計画性を身につけた性格でもあるようである。

しかしながら啄木のような社会変革とか革命性などとは、あまりというよりもほとんど縁がないようである。

4　他から見た忠操

忠操の友人で忠操に頼まれて啄木を代用教員に採用した岩手郡視学（現在の教育委員長に該当）の平野喜平は忠操について次のように述べている。
「彼は第二師団の教導団の出身で、秋田第十七連隊付の軍曹であった。身体のがっしりした、容貌魁偉ともいうべき立派な軍人で、連隊にいたときは鬼軍曹と呼ばれ兵士たちから恐れられていたということである」（『回想の石川啄木』岩城之徳編、八木書店）
節子の弟の堀合了輔は「節子の性質は、母のやさしさと、父の厳しさを持っていた。」と書いている。また節子は母親似だが、郁雨の妻となったふき子はむしろ父親似だったとも書いている。そして郁雨の子供たちは「普通厳父慈母という言葉があるが、我が家は慈父厳母だった」と言っていたという。（『函館の砂』郁雨）

了輔は他にも父・忠操について以下のように書いている。

啄木と節子の恋愛時代には兵事主任兼学務係であった。鼻下に黒髭を貯え、容貌もきつく、性格も厳しかった。

学務係をして居た関係上、子女の教育には熱心で、弟正五郎を師範学校に入れ（啄木の高等小学校時代の訓導）、三人の娘も次ぎつぎと女学校に通わせた。然し子の躾は厳しく、姉達も相当参った様である。

家庭は姉達がミッションに学んで居るせいか割合に明るく、正月とか三月のひな祭りなどには大勢の人が集って歌留多取りなどをした様だ、その事は啄木の日記や西博士の手記にも現われて居る、又音楽も盛んで琴やバイオリンも弾いた様だ。

私は腕白であったので、父にはよく叱られ、裏の梨の木に縛られた事を覚えている。半面子煩悩で、小さい私達を方々へ連れて行った、春は川に、秋は山にきのこ取りに、ある秋山中で叔父に連れられた従兄弟達に逢い、一緒に兎を追いかけた楽しい記憶もある。お祭りには肩車に私達を乗せ見世物や神楽を見せてくれた。その帰りには必ず「そば」か「阿べ川餅」を食べさせた。なにしろ菓子など殆ど食べなかった時なので、これ以上の楽しみはなかった。（『回想の石川啄木』「啄木の妻とその一族—姉節子の思い出を中心に—」岩城之徳編、八木書店）

＊　＊　＊

ここでは厳しいだけの父親でなく、慈父としての父親も描かれている。

5　啄木の忠操恐怖症

明治三十七年二月三日に啄木と節子の婚約の儀式がとり行われている。この日の日記には「この日、せつ子の事、母行きて、かの人の父母なる人と形式の定め事すべき日なりき」と書かれており正式の婚約が整ったと解釈される。ところが啄木自身が行ったという記録はなく、この時に啄木が忠操に出会ったという記録はない。父・一禎が出向いていないのは、啄木の家庭内での父の決定権の希薄さを窺わせるものである。一禎カツ夫婦は、いわゆる嬶殿下に恐妻家の夫婦なのであるから理解出来るが、この儀式に啄木も参加していないのが不思議である。

同年九月には、渋民村の県社の祭の時に石川家の招待があり、節子は母・とき子と妹・孝子、弟・赳夫、了輔、を連れて渋民に行き、石川家のもてなしを受けているが、この時も忠操は参加せず、啄木と忠操は面会していない。忠操と啄木の面会は双方から巧みに忌避されているように窺える。

明治三十八年五月十二日付で節子は堀合家から石川家へ除入籍が行われている。五月三十日（ないし五月下旬）には友人達が結婚式を準備してくれたのだが、啄木はその席に欠席している。啄木欠席の理由としては、以下のことが考えられる。

①　既に入籍しているのであらためて式を行う意味はない、

②　父が宝徳寺住職を罷免されているので檀家など寺関係者に対して謹慎の意を示すため派手な行

為を自粛する意味があった、

③　啄木処女詩集『あこがれ』を出版したものの期待に反して全く売れなかったため金銭的にスッカラカンになった啄木は面目なくて参加出来なかった、

などのことが言われている。しかし私は、

④　啄木は忠操に会いたくなかった、

を付け加えたい。

私は④のことが最大の原因でなかったかと推測している。もちろん『あこがれ』が売れて、たんまり金銭を手にいれることが出来たならば、忠操に対しても多いに面目がたって忠操に会うことをはばかることはなかったと思われる。しかしながら、実際はとても忠操の前に顔を出せるような状況ではなかった。忠操から「何をやっているんだ！」と叱責を食らうことが啄木は怖かったであろう。言わば啄木はこのころから忠操恐怖症に罹患していたと思われる。

そもそも忠操は節子と啄木の縁談には大反対であった。節子を啄木と会わせないために自宅に監禁したほどである。それに対して節子と啄木は、結婚出来ないならば、無理心中までやりかねないとまで思わせることで、忠操は渋々結婚を許したという経過がある。忠操から見れば中学校をさぼりにさぼって挙げ句の果てに中退し、文学で身を立てるとは言いながら実際には定職もなくブラブラしている啄木は娘の夫になる人物としては、とても認められない思いが強かった。こんな忠操に対して啄木が敬遠したくなるのはよく理解出来る。

私が最初に啄木の忠操に対する対応を怪訝に思ったのは明治四十年三月五日付の啄木の日記によっ

てである。

＊　＊　＊

午後四時、せつ子と京ちゃんとは、母者人に伴はれて盛岡から帰って来た。妻の顔を見ぬこと百余日、京子生まれて六十余日。今、初めて我児を抱いた此身の心はどうであらうか。二十二歳（数え年）の春三月五日、父上が家出された其日に、予は生れて初めて、父の心といふものを知った。

この可愛さったらない。皆はお父さんに似て居るといふ。見事に肥ったクリクリシタ其さま。喰ひつきたい程可愛いとは此事であらう。抱いて見ると案外軽い。そして怖れといふものを知らぬげによく笑った。きけば三十三日の前から既に笑ふ様になったのだと。

夜、京子はよく笑った、若いお父さんと若いお母さんに、かたみに（かわるがわる）抱かれ乍ら。

＊　＊　＊

読者には啄木のこの日記が些か変だとは思われないだろうか？　京子が実際に生まれたのは明治三十九年十二月二十九日である。生まれたのは盛岡の節子の実家である。この時啄木は盛岡から幾分離れた渋民村の尋常小学校の代用教員をしていた。しかしこの時期は小学校は年末年始休暇も含む冬休みの最中である。仕事が忙しかった訳ではない。啄木が何故長女に会いに、盛岡からさして離れているとも思えない渋民村から節子の実家へ行かなかったのかが了解出来ない。愛妻・節子とは百日以上会っていない。せっかく生まれてきた京子も六十日以上も会いにいくことをしていない。啄木は節子が京子を連れて帰る日をひたすら待っていただけなのである。

この当時の啄木は貧窮の極にあり、渋民から盛岡まで行く旅費にさえも事欠いのではないかとも推測出来るが、そんなことが本当の理由とは考えられない。東京ならばともかく渋民村と盛岡では目と鼻の先くらいの距離でしかない。

私の推測では啄木は忠操恐怖症に罹患しており、忠操に会うのが怖くて、京子に会いに行くことが出来なかったのである。もし京子に会いに節子の実家へ行けば、嫌でも応でも忠操と顔を会わせなければならない。そのことが怖くて、節子の実家へ行くことが出来なかった啄木なのである。

啄木の渋民尋常小学校の代用教員の仕事は忠操によって世話をしてもらって得たものである。忠操は教育関係の学務係をしており教員人事にいくらかの影響力を発揮することが出来たようである。そのため忠操に会えば「真面目にきちんと仕事をしているか!」と詰問されることは明らかであり、啄木はそれを避けたかったであろう。

その後啄木は北海道函館に渡り、文芸愛好家のグループの苜蓿社の仲間などの友人と職業を得る。最初は単身での漂泊の身であったが、函館では啄木にしては珍しく経済的にも安定し、妻子、ついで母をも呼び寄せ、そのうち妹の光子までが寄りつくような状況となる。その後の啄木は八月二十五日夜の函館大火を機会に九月十三日に函館を去り、札幌、小樽、釧路、と北海道奥地への彷徨が始まるのだが、函館で過ごした時期は啄木にとって懐かしく忘れがたき日々となるのである。それらのことは『一握の砂』の中の「忘れがたき人々」でも多く触れている。

しかし啄木にとって函館は良いところばかりであったかというと、嫌なところの一面がなかった訳ではない。それは啄木の忠操恐怖症の対象である忠操の長姉・なかが函館の一方井家の守蔵のもとに嫁ぎ、さらに忠操と従弟の村上祐兵も函館に居住していたことである。啄木は忠操の親戚筋に当たる彼らを敬遠して接触することを徹底的に避けている。

啄木の妹・光子は忠操の親戚筋に当たる彼らの文化度が低かったために啄木は彼らと接触することを避けたようなことを述べている（『兄啄木の思い出』理論社）が、啄木周辺の人物で最も文化度が低かったのは、迷信深く仮名文字しか書けなかった啄木の母・カツであって彼らとは考え難い。啄木が函館で彼らとの接触を避けたのは、函館での啄木の行状が彼らを通して忠操に知れることを恐れ嫌って忌避していたからに他ならない。

明治四十一年四月二十四日、啄木は母と妻子を郁雨の庇護の下に預けて単身上京している。その時の明治四十一年八月二十七日付の節子が書いた郁雨宛の手紙が残されている。

「……前略……しかし啄木は私の心を知ってるだろうと思ひます　もし誤解でもする様だと　これ位悲しい事はありません、盛岡へ行く事も私はゆかぬと云ふてやりましたから、キットめんどうだと思ふてあゝ云ふてよこしたのでせう……以下略」

この時に節子の盛岡行きが検討課題として持ち上がったことが推察される。この時の節子は「盛岡へ行く事も私はゆかぬ」ということで啄木を安心させたのであろう。

その後啄木は東京で単身生活をしていたのだが、明治四十二年六月十六日、母と妻子に押しかけられて同居が始まる。しかし十月二日、節子は書き置きを残し京子を連れて家出を決行し実家に帰ってしまう。この時に啄木は大きな衝撃を受ける。それまで如何に自分が身勝手であったか、そして節子が自分にとって如何に大切な存在であったか、を改めて自覚するのである。そして恥も外聞も捨てて京助に心情を訴えて節子宛てに手紙を書いてもらい、高等小学校時代の恩師である新渡戸仙岳には節子が帰宅するように働きかけてほしい、と協力依頼の手紙を書いている。

しかし、啄木自身が盛岡の節子の実家へ行って直接的に連れ戻す説得をしようとはしていない。盛岡の実家に行けば嫌でも応でも忠操に顔を会わせなければならず、忠操から叱責されることは明らかだった。啄木はそれが最も怖かったのである。

明治四十二年十二月二十日の節子から郁雨の妻となった妹・ふき子宛の手紙に次の文言がある。

「……私の先日の事（家出事件）があった以来（啄木は）どうしても新山堂（盛岡の節子の実家を意味する）やいづれ私の身うちのものには手紙をかくと気げんが悪くてこまります……」

啄木は節子の家出事件で反省はするのだが、やはり節子が実家や実家に関係するところへ手紙を書くと、そのくらいのことでも不安でたまらず機嫌が悪くなるのである。

その後、明治四十四年六月三日から六日にかけて節子と啄木の間で大喧嘩が発生する。実はこの時期に忠操は盛岡を切り上げて一家を上げて函館に移り住むこととなっている。節子は、そのため盛岡には実家が無くなる、恐らく最後となる盛岡を見ておきたいという思いと、実家の家屋敷を処分して得た金子を幾らか貰ってきて、東京の自分たちの住居の転居の足しにしようと考えていたのである。東京の借家では大家から肺病を理由に転居を迫られていたという背景があったからである。しかし啄木は節子の盛岡行きを断固阻止しにかかる。そのため節子は啄木の日記によれば「気狂いしそうだ」という程となるのである。

この時の啄木も妻・節子に対して忠操と会わせたくなかったのである。自分が忠操に会いたくないだけでなく、妻・節子にも、例え忠操が節子の実父であったとしても会わせたくなかったのである。

この時の大喧嘩は、節子が盛岡行きを断念して仲直りという決着がついている。この時の喧嘩の仲直り直後の歌が次の歌と推察される。

・ひとところ、畳を見つめてありし間の
　その思ひを、
妻よ、語れといふか。

啄木が何故節子を忠操と会わせたくないか、語らなくとも理解して欲しいという啄木の切ない思いを歌っている。啄木の忠操恐怖症は節子には語りたくない。知って欲しいのだが口に出して言わなくとも妻には理解し許容して欲しい啄木なのである。

同じ年の九月には親友であった郁雨と義絶する啄木である。啄木と郁雨の義絶については拙著（『啄木と郁雨　友情は不滅』青森文学会）を参照にしていただきたいが、節子が自分の病気が悪化していることを郁雨に訴えた返事として、郁雨は節子に「一日も早く実家へ帰って静養するのが一番だ」と書いてやった。そのことが啄木の逆鱗に触れての義絶である。節子が実家に帰るということは啄木の最も恐れている忠操の下へ行くことを意味しているからである。

さらにそれは啄木の終焉まで尾を曳くこととなる。啄木没後の節子からの哀果宛の手紙によれば、啄木は節子に「函館に行くな」と言っていたらしい。そして節子も啄木のその意志を尊重して啄木没後直ぐには函館に行かず、千葉を彷徨して房江を出産し、その後は盛岡に暫く留まる。しかし経済的にっちもさっちも行かなくなり心ならずも函館の実家の下に行くことになるのである。

このことにも啄木の忠操恐怖症の執念のようなものが感じられる。啄木の忠操恐怖症は死ぬまで続いていたのである。

後に光子は節子の晩節問題、節子と郁雨は啄木を裏切っての愛人関係であった、として批判を展開して行くのであるが、節子生存中にはその問題については光子の心の奥底に仕舞い込んで、おくびにも出していない。そのため節子は光子を信頼して啄木終焉の様子を手紙で光子に書き送っている。

「お前には気の毒だった、早くお産して丈夫になり京子を育てゝくれと申し、お父様にはすまないけれどもかせいでくださいと申しましてね。——」

啄木は自分が死んだ後のことについてはやはり忠操の世話になることを快しとせず、無理だと思いながらも傍に居合わせた父・一禎に「稼いでくれ」と懇願しているのである。啄木は死んでも忠操の世話にはなりたくなかったのである。一禎に頼むのは無理と承知していたではあろうが、そう言うしかない啄木の切ない死に際である。

なお啄木が頑に忠操を敬遠忌避していた理由としては、啄木が忠操の期待に沿うような実績を上げることが出来ず、啄木にとって面目が立たず、忠操から叱責されることを恐れていたことが先ず第一に大きな理由として考えられる。忠操から「節子を幸せにしているか！　どうなんだ！」と追求されたら啄木は答えることが出来ないのである。

しかしながら啄木の忠操恐怖症は忠操と出会うことを恐れていただけという単純なものではない。啄木は忠操によって節子を取り上げられるのではないかと、いつもビクビクしていたのである。だから節子が実家へ行きそうなことが発生するとその度に過敏に過剰に反応するのである。

また根本的に啄木と忠操が合わない思想的性質のものが考えられる。忠操は家系、家を大事にする封建主義的思想を堅持している。それに対して啄木には家系、家というものが存在せず、重視しようにもそれは出来ない相談であった。啄木は家などというものは否定するしかなかったのである。啄木の父親・一禎は実の父親が誰か不明の存在であり（拙著『石川啄木　骨肉の怨』同時代社）、幼少時に養子に出され、また戻され、今度は寺に棄てられたようなものであり、一禎には実家というものがない。そのため先祖代々の墓もなかった。啄木も父親不明で母・カツが私生児として産んだことになっている。公式には役場にそのように届けられている。

啄木はこのような出生の不条理と死ぬまで闘わねばならなかった。

- 汝が痩せしからだはすべて
  謀叛気のかたまりなりと
  いはれてしこと

家や家系を重視する忠操とはその意味で思想的に深いところで互いに認め合う関係とは成り得なかった、と啄木は考えていたように思われる。社会思想的には近代性を一定度身に付けていたとしても基本的なところでは忠操は士族であることに固辞するような頑固な保守主義者であり、啄木は社会変革者、革命を希求する思想家であり、相いれるものではなかった。

忠操が啄木を幾らかでも認めるようになったのは、『啄木全集』の印税が哀果から送られてきてからのように思われるが、啄木はそれを知らずにこの世を去っている。

【参考資料】忠操から一禎への手紙

拝啓其後ハ久敷御無沙汰致し居欠礼の段御詫の申様もなき次第平に御宥免の程伏而御願申上候昨今御尊体益々御勇健に渉らせられ候哉又山本様御一家に於かれても御変り無之候や御伺申上候孫児京子等も至極健全にて日々通学京子は遺愛女学校の四年生房江は尋常五年に有之候其他手前家族一同も瓦然消光罷在候間乍慮外御休心被下度願上候回顧すれば大正元年京子等親子三人渡道の節は京子は六歳房江は生れ落ちた計りにて候へしか今日にては別便送り上候写真（大正十一年五月撮影のもの）の通りに生長致候間御一覧被下度

偖て唐突の事に候へ共是非貴下の御承諾を得度ことの有之候は余の儀には無く之京子の縁談の事に有之自今学生の時代実に早計なる次第には有之候へ共本年四月末頃より京子の退校帰宅の時刻少なくとも二三時遅延し又時としては夜に入り帰宅し或は私の知らざる間に外出し遅く帰る様な事数々有之其都度注意叱責小言を云へば今日は何先生の御宅を尋ね又何々の為めと其座限りの答弁を偽し一向に改むる風なく帰宅後に於而も当日学習したるものの復習を怠たり又翌日の課程を予習する事なく唯々物案しする様に鬱ぎ勝て過こし居り甚だ妙に感ぜられ何そ事情あるならんと思ひ五月

二十日一室に喚ひ誠意を込め且つ物静かに色々の事を申聞け其素行に就き懇々相尋ね候処四月頃より須見真佐雄（二十三歳）なる人と別懇になり居たる事を遂に自白致し候私も実に心外に存じ内心甚た憤怒に堪へ難かりしもジット之を抑制し冷静に其不心得を諭し断然絶交すべき様申聞け候得共口を閉ち何等答を為さす再三決答を催したる処将来を堅約した事故絶交する事は出来兼ねるに付是非一所になる様取纏めて呉れとの切望に有之私も実際に当惑致し候も篤と案ずるに強て之を断念せしむる方針を取りては或は却て波乱を起し若し万一にも短慮取戻すの出来ざる様な行動を敢てせられてはと深く心痛考慮の末京子の意思に応し可申との気を生し候に付須見氏の人物を聞きたるに北海タイム新聞社の記者にして学歴とては言ふ程の修養なきも相当頭の確かなる人物として互に意思の逢着し居る次第なれば是非是非何とか致し呉れと重て敷言致候一寸一さんに似た様にも思はれ既に斯く堅く出来たもの今更に彼是云ふも致方なき故取纏む方法を講し可申候へ共此の話の確定する迄は決して交際を再びするを厳禁し将又譬へ相談整ふと雖とも学校卒業（大正十四年三月）の後にあらされは結婚させる事を条件とし京子の意思を問ひ候処須見さんの意見を確むる迄其返答を待呉れと申候依而之を諾し且つ須見さん之を承諾を与ふるも此相談を進むる以前に於而他に同氏の意向を確め置くの必要件在事に付是非一度来訪して貰ひ度申加へ候其翌日京子は同氏に会ひ右の次第を通したるに私の意見に服従すべく又折を見て屹度訪問可致旨答へたる由なるも其後十数日を経過するも更に来らず如何にせしかと存じ居候処或る日函館税関の観察官木下氏なる人来訪須見氏は是非御伺すべきの処何分極り悪しく是迄延々に相成甚た申訳なく就面は明日にも御尋ね申度御都合如何と申伝に有之之に対し相談を早く進むる順序として須見君意見を承りたる後にあらされは石川家の

戸主に相談致難く折角来訪を待居たる旨答たるに而かも六月九日日曜日に須見氏来り初体面の挨拶の後京子をして伝言したる事を敷演し且つ石川家は無資産にして目下家族分散しある事、京子の気風は一君の姓を承け学業には極めて熱心なれとも私の常に遺憾とし居るは女子の最も大切なる裁縫は嫌ひ特くに新しきものを需め与ふる時は遅かれ早かれ之を仕立着用するも切れる迄之を着込み之を洗濯して再び仕立直して用ふる事を為さず既に三年も汚れたるものぐるぐると丸め押入に押込み置き洗濯や炊事清掃の事何ても手足を働かすことを好ます如上の事に関しては平素如何に喧かましく言ふも又叔母なとよりも度々誨告する様なれ共只はいはいと云ふのみにして之れが実行を斯てせず要するに体質の弱き勢にも困るならんか閑さへあれは寝転んて新聞雑誌を手にし殆と仕事に着手せす此縁談円満に解決したる暁には他日一家を創立し須見君努力を待つの外他に援助すべきものなく私も本年は六十六歳に候へは余命も幾年もなからす隋て将来永く面倒することは到底六ヶ敷事に有之須見君は果して斯かる状態を御承知の上甘して石川家の養子となり祖先の仏を守護し又京子を終生愛し下さるへきは仲介者をして表面交渉する時は其善こと計りを挙け悪しきことをは之を秘し又欠点あること杯とは勿論黙して陳せざる通例にして折角纏めた後不円満にして遂に破縁となることと往々有之に付如上の内幕を吐露し将来に於ける誤解を防ぎ目前了解を得取極め申度又京子のから骨病ミ（盛岡で言ふセツコキタカリ）は貴下の訓陶に依り改善せしむることもあらん又成功の暁には裁縫洗濯の如きは営業者に委ね炊事清掃の如きは使用人を置き為さしむることともならんか兎も角御承知の上差支へなしとの御見込みならば石川家戸主に相談ヲ遂チ取極め申度旨相噺し候処委曲承諾に付き宜う願ふとの確答に有之想思の間たとて京子も非常に喜び其の決定の日を期待し居候然るに貴下の御住所不明に付九州の光子さんに御尋ねセしめ候処漸く京都に御在住のこと昨日返書有之に付茲に前陳の太要申上貴下の同情ある御承諾を乞ふ次第に有之候

須見君の家庭如何は未た承知無之候へ共二男にして他家養子となるは何等支障なき人の由又同人は体は小なる方に候得共見受タル所丈夫そふにして応対振りに依り推するに頭脳明晰なるが如く又新聞書載のものを見るに相当力あり希望の如く迎ふることとするも石川の家名を傷付くる様な事有之間敷と認められ候京子等姉妹の教養に就而は節子落命の当時懇々言ひ遺したることもあるに付責任を以テ之に当り又石川家再興に関しては一日も念頭を離れたることなきに付此場合相思の間を取結ひ置くに私の責任の一端を尽すの緒に候のみならす彼等も亦悦て各其課業に出精するなんと思解致候

東京朝日新聞社員にして一君の友人土岐善麿君は其卓絶したる詩文を世に公にセん為め啄木全集なる書籍を刊し其印税を孤児二名の教育費及結婚の用途に充スべく無報酬にて数年前より蒐集編纂に心血を注ぎ刊行の後其印税を両度二千八百円送金教育費其他に充ツへき旨を付し保管方嘱託相成候に付其内二百円丈従前よりの行掛り上両名の教育費に向け費消し残り二千六百円は之を第一銀行に預金し置きたり而して今ては其の利子は教育費の半額位の収入ありて大に自分も助かり居候土岐氏の好意は深く感謝し居りて年々一回若しくは二回十円前後の水産物を贈呈致して居ります此の二千六百円は決して手を付けずに結婚の時の用途と一家再興の資等に両名等分に充つべく保管致し置き申候若し其際使用残金ある場合は各々に手渡すへく計画を立て置き候間御承知且つ御安心被下度土岐氏の友情の薫はしきと申迄もなきことなるか畢竟するに一君の徳此所に至らしめたるものと

一層感じ居候

私は一家の制度として子供等を夜間単独外出せしめず万止むなき用事ある時に必す自分又付添ひを共にせしむる様に何時も話聞け充分注意し置きたるに拘らす京子をして如斯失態を演せしめたるは全く注意の足らさる落度にして貴下に対し甚だ面目なき次第に付此儀謹て御詑申上曲て御許るし被下度繰事なから此の婚約を取結ひ彼等をして安心せしめ度候間是非御承諾被下度御返事至急待上候乍末筆山本御一家様へも宜布御鶴声被下度御願申上候

敬具

六月二十三日

堀合忠操

石川一禎様机下

二、節子の哀果宛手紙の解釈

はじめに

以下の小論は本来は私の最も最新の啄木書『啄木と郁雨　友情は不滅』（青森文学会刊　二〇〇五年三月）に掲載しておくべき内容であった。しかし資料入手が遅れたことで此処に書き足すことにするものである。また前節の小論「啄木の忠操恐怖症」と重複する部分も多いのであるが、文章の理解をし易くするためのリズムを維持するために重複を敢えて訂正しないこととした。そのため幾分くどい書き方となってしまったことを読者には御理解を願うものである。

1　節子の哀果宛手紙

啄木没後、節子は次女・房江を出産後に啄木の親友・哀果に手紙を書いている。末尾の部分は次のようなものである。

＊　＊　＊

（前略）函館行きは私の本意ではありませんけれど、どうも仕方がありません。夫に対してはすまないけれどもどうしても帰らなければ親子三人うえ死ぬより外ないのです。ここに居りますと下宿料は京子と二人で十六円、牛乳代、薬価、卵代など十円、それに小遣いを入れると、どうしても三十円では足りません。この体で自炊も内職も出来ず、其れかと云うて三十円なんてそうたいした金を月々親の処からもらうことなども出来ません。こう云うわけですから私は当分のつもりで行って来ます。（後略）

＊　＊　＊

この手紙は既に昭和三年刊行の『啄木全集』付録の「啄木研究」第一号に掲載されたものであるという。発表当時にこの手紙はどのような意味と論じられて来たのであろうか？　またこの時、節子の父親・忠操は愛する我が娘・節子に対して「函館に来るな！」ということを再三申し渡していたらしい。その意味も不可解である。

なお、啄木の妹・光子が、節子の晩節問題として光子と郁雨の不倫問題を取り上げて云々し出したのは大正十三年から昭和五年にかけてであるが、この時はたいして話題になることもなかった。本格的に取り上げて行くのは戦後の啄木ブームが盛んになってからで、昭和二十二年、光子の夫の三浦清一による公表からである。そして昭和二十三年刊行の『悲しき兄啄木』（初音書房）とその十六年後の昭和三十九年刊行の『兄啄木の思い出』（理論社）で広く公表される経過をとる。

2　節子郁雨不倫論者の解釈

この手紙は光子の書でも取り上げられ、光子を代表とする節子郁雨不倫論者は節子のこの手紙を次のように解釈している。

「函館行きは私の本意ではありませんけれど、どうも仕方がありません。夫に対してはすまないけれども……」

結局は主に経済的理由で節子は函館に行くしか生きる道を見いだせず、函館に行って亡くなるのであるが、それを決意する前に、函館行きを逡巡している。その逡巡の意味をどう考えるかの問題があるのである。

この手紙の文章は、啄木から「函館には行くな」と言われて、それを順守しようとしていた節子にとっては函館行きは本意ではない。「夫に対してはすまないけれども……」も自分の函館行きは啄木の意志に反する行為であることを意味している。

問題はこれをどう解釈するかである。

啄木は「死ぬ時は函館で」と思っていた程に函館が好きであった。しかし晩年になってその函館を嫌いになったのは無二の親友と思っていた郁雨が節子と不倫の関係であったことが判明したからで、その郁雨が函館に住んでいたからである。

節子は自分との不倫の関係がある郁雨の住む函館に行くことは、不倫を解消して啄木と仲直りした自分の本意ではない。また啄木の意志でもないので、函館に行くことは啄木にはすまない気持ちがする、ということである。つまりこの手紙は節子と郁雨の間に不倫関係があったことを節子が認めた手紙である、ということを証明していることになるのである。

また、忠操が節子に「函館に来るな！」と言ったのは、忠操の次女であり節子の妹のふき子が函館で郁雨の妻となっており、そこへ郁雨と不倫の関係となっていた節子が来たならば、郁雨とふき子の家庭が目茶苦茶に壊されてしまうことを忠操が危惧したからであろう、と言う考えになってくる。

最も最新の活字となった論考として山下多恵子氏は次のように述べている。

「堀合忠操――あれほどの娘の身を案じていた父、強い責任感と細やかな愛情で孫の成長を見守った父――が、啄木亡き後房州での生活が立ち行かなくなった両親のもとに帰ろうとした娘節子の函館入りを、いったんは拒んだこと、それが私が節子と郁雨の関係を確信した最大の理由です。夫に先立たれた小さな子どもを抱えた病気の娘を、拒絶しなければならない、どんな理由がこの父にあったというのでしょうか。たった一つ。郁雨の妻（節子の妹）ふき子もまた、彼のかわいい娘なのだというこ

とです」（「啄木の節子・私の節子」『国際啄木学会盛岡支部会報』第一四号、二〇〇五年十月二十二日）

つまり節子の哀果宛の手紙の内容や、忠操が節子に対して取った最初の態度は、郁雨と節子の間に不倫関係があったことを証明するものだと主張することになるのである。

なお郁雨は郁雨で、この手紙については、節子が当初函館に来ようとしなかったのは啄木の意志を尊重しようとしたからで、啄木に対する深い愛情によるものである。だから節子の不貞などということはあり得ないこと、と主張している。

3　問題解明の直線（鍵）・啄木の忠操恐怖症

啄木と郁雨の義絶の謎を解明するために高校時代の幾何学の問題を思い出した。ある難解な幾何学の問題ではあるが、そこへある直線を書き加えるとそれまでの難解な問題が嘘のようにスラスラと解明されて回答が出来るのである。ピタゴラスの定理の説明は中学生レベルの問題であるかも知れないが、やはり直角から斜辺へ垂直に直線を引くことによって説明が容易となるのである。

私にとって啄木と郁雨の義絶の謎を解く直線（鍵）は、啄木の忠操恐怖症である。啄木郁雨義絶の謎という問題に、啄木の「忠操恐怖症」という直線をひいて論考していくと、見る見るうちに謎の解明が容易となって来るのである。

私の論考では函館には啄木にとって二つの意味がある。啄木にとって函館は友人と仕事を得て、心に忘れがたい懐かしい良い思い出のたくさん残っているところである。それは『一握の砂』の「忘れがたき人々」の短歌でもたくさん詠まれていることでも明らかである。

しかし啄木にとって函館の全てが気に入っていたかというと、嫌な部分がないわけではない。それは忠操の親戚に当たる人々（忠操の姉・ナカが函館の一方井家に嫁いでいたし、忠操の従弟・村上祐兵も函館に居住していた）が同じ函館に居住していたことである。啄木は彼らを忌避し彼らと接触した形跡がない。彼らと接触すれば函館の啄木のことが忠操の下へ情報として流れていくことを嫌っていたからであろう。忠操の親戚ですらそういう感情を抱いていた啄木であるから、親戚どころか忠操本人が函館にやってきたのであるから、啄木の函館に対する思いはより複雑微妙なものに変化せざるを得ないのである。

忠操はそもそも娘の節子が無為徒食の啄木と結婚することには大反対であった。そのため節子を啄木と会わせないために自宅に監禁したほどである。堀合家が盛岡から函館へ本拠を移したことをきっかけに啄木は掘合家と義絶しているのだが、それは節子を掘合家、つまり忠操によって啄木から取り上げられることを恐れてのことである。その後の郁雨との義絶もそれが絡んでいる。節子からの病気が悪いという知らせに対して郁雨が節子に「実家の掘合に帰って静養するのが一番だ」と節子を唆すような返事をしたことが啄木の逆鱗に触れて義絶となったものである。つまり啄木にとって忠操は啄木から節子を取り上げてしまう可能性のある最も怖い存在なのである。

啄木にとって函館は、郁雨その他の友人と巡り合い、仕事にもありつけた忘れがたい懐かしい所である。良いイメージが強い。『一握の砂』が発刊された明治四十三年十二月当時ではそのままである。

しかし明治四十四年六月になって忠操が函館に行くことによって、啄木にとっては最も行きたくないところに変質してしまうのである。それを機に函館は啄木にとっては良い意味での「忘れがたき」ところから最も敬遠忌避したくなるところへと変質してしまうのである。

そして啄木と節子の間では、節子は決して忠操の下には帰らないという約束で夫婦間の愛情が維持堅持されている、という状況が発生するのである。忠操から節子が監禁されるようなことをされても「愛の永遠を信じたく候」と啄木の下にやってきた節子である。節子にとっては父親・忠操よりも夫・啄木との愛の絆の方が強固になっているのである。つまり節子が忠操の下に行くということは、啄木との強い愛の絆を壊してしまうことに繋がっていく意味があるのである。

啄木の女性関係や節子の男性関係が夫婦喧嘩や軋轢の原因となったことはない。啄木と節子の夫婦間軋轢ないし夫婦喧嘩の大きなものは、全て節子が忠操の下へ行く、ないし行こうとしたことが絡んでいる。節子の家出事件も忠操の下（この時は盛岡）へ行ったことによるものである。堀合家の函館移転に絡む離婚を云々する喧嘩も節子が実家へ行こうとしたことによる。郁雨との義絶も、郁雨が節子に忠操の居る実家へ行くことを薦めたことによるものである。家出事件は節子が忠操の下から啄木の下に帰って来たことで解決し、それ以外では、節子が忠操のところへは行かないと決意し約束することで夫婦喧嘩は仲直りの決着が着いているのである。

啄木が亡くなったからと言って節子が直ぐさま忠操の下に帰ったのでは、節子が啄木に対して裏切りのような心情になったとしても不思議ではない。そこに節子の函館行きへの逡巡を私は見るのである。

啄木が、忠操は節子を自分から取り上げてしまうのではないか、という「忠操恐怖症」と言っても過言でない状況に陥っていることについては、前節の「啄木の忠操恐怖症」や前掲書『啄木と郁雨友情は不滅』や『石川啄木　骨肉の怨』を参考にしていただきたい。啄木には節子を幸せにしている自信がないことが「忠操恐怖症」発生の根源となっているのである。忠操から「節子を幸せにしているか！　どうなんだ！」と詰問されたら返す言葉を持てない啄木なのである。

啄木が節子を函館に行かせたくなかったのは、そしてそのために節子が函館に行くことを逡巡したのは、郁雨が居るからではなくて、忠操が居るからであることは明らかなのである。郁雨は啄木の親友ではあっても啄木にとってそれほど手ごわい相手ではない。しかし忠操は啄木にとっては最も怖い相手なのである。

4　忠操の考え

また忠操の考え方もある。忠操は昔気質で頑固一徹なところが強い。忠操は節子を啄木のところへ嫁にやるのは大反対であった。しかしながらそれを乗り越えて嫁いで行ったからには安易に実家に帰ってくるべきものではない、という考えであろう。

なお節子の妹のふき子も郁雨と結婚したものの、何しろ郁雨の家には七夫婦と三十人の家族の居るところへ嫁いでいったのだからその苦労は並大抵ではない。そのためさすがのふき子も実家に愚痴を言いたくもなろうと言うものである。あるいは次の妹の孝子に愚痴っていたらしい。そのことについて忠操の手紙が残されている。

「孝子には時々手紙を送る風で、誠に結構な嬉しい事と思います。然しその都度必ずお母さんや弟妹に会ひたいと何時も申越して参るとの事、人情はさることながら一旦他家に嫁したる上は、その様な心を絶へず以って居っては宜敷なく、嫁家の思惑はお前の立場として最も注意を要すべきものです。会いたいと思う時には写真を見、言わんと欲する時は手紙を出してこれにて思いを慰さめ、常に嫁家のため心を用ふる事に心掛けられるは嫁たるものの勤めですからがまんせらるべし。年を積みて帰る事あらんか。その時は亦一層の楽しみたりと思ふて……」（明治四十三年十二月二十九日日付のふき子宛忠操の手紙、この時はまだ盛岡から）

この手紙でも忠操の考え方が理解出来る。それは節子に対しても同様であったろう。

また啄木没後の遺族の面倒は啄木の側、つまり石川家が先ず面倒を見るべき筋合いなのでは、という考えもあってのことと思われる。

しかし実際の石川家関係では、父親・一禎は世捨て人のごとく啄木の次姉・トラの嫁ぎ先で世話になっている身で、啄木の遺族の面倒を見る力はないのである。またトラの夫の山本千三郎にしてみれば、義父・一禎の他に更に啄木の遺族の面倒を見るということは容易ではなかったことは当然のことであろう。また一禎には三度も見捨てられ体験（養子に出される、養子先から帰される、寺に出される）をしているくらいに実家というものが存在していない。その他に石川家側で啄木の遺族の面倒を見ることが出来るのは、長姉のサダは既に亡くなっており、妹の光子か母方親戚だけである。光子は面倒を見ようとしたが結局は経済力がない。母方親戚も母・カツが既に死亡しており、いざとなると当てに出来るものではなかった。節子は函館に行く前にしばらく盛岡に留まるのだが、盛岡で身を寄せることが出来る場を得ることが出来ず、そのため節子は啄木の意志に反して、啄木が最も忌避し恐れた忠操の世話になるしかなかった。節子は函館の実家に行くしかなかったのである。

こういう状況が判るに連れて、忠操も啄木の親族に当てがないことを了解し、忠操自身で遺族の面倒を見るしかないという結論に達して、節子と遺児の面倒を見ることにしたのであろう。当時の忠操に経済力がなかったから節子に「帰るな」と言ったという説もあるが、私はその説はとらない。忠操はそんな人格ではないからである。

丁度函館には郁雨と節子の妹のふき子が結婚して生活していたのだが、啄木にとっては郁雨の存在は、啄木の親友ではあるが忠操の味方をするであろうという意味で鬱陶しい存在ではある。しかし、郁雨が啄木と節子にとって忠操ほどの大きい重い意味のある存在とは考えられない。

また郁雨は節子が函館に帰省してきた際にはそれを快く受け入れて忠操に協力する。郁雨にとって節子は妻の姉であり、忠操は舅に当たるのであるから協力するのは当然の行為なのである。

郁雨が結婚前に節子に対して、特に節子が在函時代に一緒に京子のジフテリアを看病したりした親交があったとしても、それをプラトニック以上の姦通を云々する仲とするのは如何なものであろうか。

また節子の書簡では「私は当分のつもりで行って来ます」となっている。つまり一時的に実家に帰っても、落ち着きを取り戻したら忠操の下から離れて、啄木の意志に添った生き方をしていこうと思っていたことがうかがえる。残念ながらそれは現実のものとはならず節子は死去してしまうのだが、少なくとも哀果に手紙を書いた時点ではそのつもりであったことであろう。これらのことは節子の自然な思慮の流れとして了解し易い。

なお最新の論考として山下多恵子氏が述べていることが真実だとすると、つまり忠操が郁雨と節子の不倫を知っていた、そのため忠操は郁雨の妻となったふき子の幸せのために当初は節子の帰省を拒んだ、とすると、忠操は郁雨に対して不快な不信の感情をいだくはずであろう。下の娘を嫁としてやった男がその娘の姉と不倫の関係であったとすれば、姉妹の父親の立場としてやり切れない思いがするであろう。郁雨に対して嫌悪感を抱くであろうことが推察される。そうであれば忠操は函館に帰ってきた節子に郁雨が会うことを拒むであろう。ふき子の幸せのためにはそうするのが当然である。

ところが忠操のそのような思いを窺い知ることはまったく出来ない。むしろ忠操と郁雨は強く信頼し合った友好的協力的な関係にあったという印象を受けるのは私だけではあるまい。忠操と郁雨はともに家を大事にする、肉親同士は喧嘩せずに協力しあって行くべきであるという思想では一致しており、忠操と郁雨はウマが合う仲であったと思われる。

節子の終焉に当たっては忠操も郁雨もそして節子の妹で郁雨の妻となったふき子もみんな協力的であり、そこに郁雨と節子の間に不倫の存在を窺わせるものは何一つとして私は見いだすことは出来ないのである。

その後の啄木の墓の建立に際しても忠操と郁雨は協力し合っている。忠操が郁雨と節子の関係を不倫と疑っていたら、そんなことは出来ない相談である。

まとめ

このように考えていくと、節子が郁雨と不倫の関係にあって、それ故に函館に行くことを逡巡したり決意したり、あるいは「当分のつもりで行って来ます」という手紙の内容が、私にはあまりに不自然に思えてくるのである。妹の夫となった郁雨が自分と姦通を云々した関係があったのに「当分のつもりで行ってきます」という感覚は私には解せない。自分の生みの親であり育ての親である両親の居る実家で、心身を休め静養して元気を回復したらまた実家を出ていこうということは、自然なことと して考えられる。

しかし前に姦通を云々した関係にある男性で今は妹の夫となっている男性の居るところで心身を休め静養するなどということは、私には考えつかないことである。そんなところで心身が休める訳がない。姦通を云々する方が常識外れで間違った考えをしているとしか思えないのである。

つまり節子の哀果宛のこの手紙からでも、私は節子郁雨の不倫を嗅ぎ取ることは全く出来ないのである。

また不倫論者の考えでは、もし郁雨と節子の間に姦通を云々する関係があったとしたら、この手紙でそれを哀果にも知らせる、という意味がある。しかし節子が郁雨と不倫関係にあったとして、それを節子が哀果に知らせる必然性や意味が了解出来ない。つまり不倫云々はまったくの事実無根としか言いようがない。啄木と郁雨の義絶に関したことは丸谷喜市以外の人物には知らせていないのである。そのことは節子も啄木の意志として心得ていない筈はないのである。

節子は一時的には忠操の下に行くが、心中では忠操よりも啄木との絆をより大事にしようとしているのである。そのことを哀果にはわかってもらいたい、と節子がこの手紙で哀果に訴えている、と考えた方が私には妥当に思えるのである。

また節子が実際に函館に来たために郁雨の家庭に無茶苦茶なイザコザが発生したという形跡を見ることは私には出来ない。

節子郁雨不倫などということは、それが真実だとするとあまりに不自然なことが多く、やはり一部のスキャンダル好きの余計な騒ぎ屋が、面白がって騒ぎ立てているだけに過ぎないとしか思えないのである。

三、不倫論者の行き着く視点

1 過剰な思い入れ

郁雨節子不倫論者の心理として、幾つかの分類が出来そうである。第一は、自分の夫婦間の軋轢の体験を啄木夫婦に重ねて投影してしまう劇作家・井上ひさし氏タイプである。第二は、郁雨は文芸的にさして才能があるとも思われないし、思想的にも啄木の社会変革とか革命とは縁遠い保守的思想の持ち主にもかかわらず、金の力によって啄木の親友という位置づけを得ていると思われることに対する反発から発生する。それはプチブル的偽善であるという発想に由来するもので、国際啄木学会会長・近藤典彦氏タイプである。二つのそれぞれのタイプの詳細については拙著『啄木と郁雨　友情は不滅』（青森文学会）を参照願いたい。

ここではそれらとは異なる過剰な思い入れタイプを指摘しておきたい。

啄木は自分の過去の詩作に対する姿勢を反省して次のようなことを書いている。

ちょっとした空地に高さ一丈くらいの木が立っていて、それに日があたっているのを見てある感じを得たとすれば、空地を広野にし、木を大木にし、日を朝日か夕日にし、のみならず、それを見た自分自身を、詩人にし、旅人にし、若き愁いある人にした上でなければ、その感じが当時の詩の調子に合わず、また自分でも満足することが出来なかった。（「食うべき詩」弓町より）

＊　＊　＊

啄木はこのような詩作姿勢を自己批判しているのである。つまり現実に対して過剰な思い込みをして、現実から遊離していくことを戒めているのである。啄木の反省前の姿勢で光子が言いだした節子の晩節問題を見ると、実際から次第にずれていって、とんでもない方向に向かってしまうのである。

啄木は母と妻子を函館の親友・郁雨に委ねて上京する。函館では母・カツと妻・節子と長女・京子が郁雨の下に残される。そして京子がジフテリアに罹患し重篤となり、郁雨は啄木に成り代わって節子やカツに協力して京子の看病に当たる。この事象に対して、過剰な思い込みをしてしまうと、郁雨節子不倫論に向かっていきかねなくなる。

郁雨は親友の妻子の面倒を親身になってお世話している。しかしそれだけではつまらない。この時に郁雨と節子に男と女としての愛情が発生したとしてもおかしくはないのではないか、と思い込んでしまう。その方が何かしら人間性が豊かなような感じがしてくる。また郁雨はそれまでこと女性に関しては優柔不断なようなところがあるのだが、この時に郁雨は特別に節子と感情的に接近したのではないか、とも思われてくる。

このような状況で、郁雨はただ単に親友の妻・節子と、その子供・京子の看病をしていただけでは、つまらない。郁雨と節子の間に男と女の関係が発生して来なければつまらないのである。そのようなことが発生しても可笑しくないのではないかという思いから、その方が人間として自然である、その方が人間性として豊かである、そうに違いない、という思いへ進展してしまう。

普通の見慣れた木ではつまらない。普通の木を大きな樹木にして、その大樹に愛情という花が、そしてそれはプラトニックというレベル越えてたくさん咲き出した、というものに発展してしまうのである。そうしなければ、満足することが出来ないのである。

更にはそのことは身近に居た啄木の妹・光子が言っていることだからと、慎重な検討も抜きで「もうこれは間違いない」という結論的思い込みへと邁進してしまうのである。

そして啄木が否定した、現実を超越して過剰な思い込みの世界に入っていく。しかしそれは慎重な思慮や深い論考に欠けた、直観的感覚的表面的なもので、そのことが意味するものを論理的に深く論考することはしない。気分、感情、雰囲気といった表面的なものに流されていくのである。

これは感情は豊かではあるが、思い込みの強い性格の人物が陥りやすい罠か落とし穴のようなものであろう。しかしこのような罠に落ち込んだ郁雨節子不倫論者は、感覚的感情的なもので、郁雨節子の不倫を実際的に実証することは出来ない。事実から離れた過剰な思い込みであるから、実証することは不可能なのであり、それがじれったくて仕方がなく、感情と実際が異質なことにもがき苦しむことになるのである。そして感情が勝れば実際の方を捏造したり妄想的にでっち上げねばならなくなって来るのである。

2　「忘れな草　啄木の女性たち」について

山下多恵子氏が盛岡タイムスに「忘れなぐさ　啄木の女性たち」を二〇〇二年二月二十日から二〇〇四年六月十六日にかけて五十六回にわたって連載している。私には到底調べ切れないような詳細な、そして多数の啄木と縁のあった女性を取り上げている。それを感動的に受け止めている読者もかなり居るようである。

ところで私と山下多恵子氏は二〇〇五年四月十二日、岩手大学教育学部で行われた第二回啄木忌前夜祭（主催・国際啄木学会盛岡支部）に招かれて、山下多恵子氏は「我ならぬ我――啄木の節子」と題して、私は「啄木節子の夫婦仲」と題して講演をおこなった。

この時に山下多恵子氏と私とでは所謂「節子の晩節問題」については正反対の見解であることがわかった。その場では直接的論争とはならなかったのだが、その後山下多恵子氏が書いた「忘れなぐさ　啄木の女性たち」を読んで私が感じた所感を述べておきたい。

山下多恵子氏が書いた文章は次のようなものである。

＊　　＊　　＊

・　堀合ふき子について

「あの不愉快な事件も昨夜になってどうやらキマリがついた、家に置く」

啄木が妹光子にあてた一九一一年（明治四十四年）九月十六日付書簡の一節である。親友宮崎郁雨は函館の人、啄木一家を物心両面で支えた。彼が軍隊の演習地美瑛から出した節子宛ての手紙が『事件』の発端だった。恋情溢れる言葉に激怒した啄木は節子に離縁を申し渡す。

ふき子は、節子の妹で『事件』の二年前に郁雨と結婚していた。口数の少ない女性であった。ふき子にいつもあったのは、『節子の妹』としてではない、ただひとりのわたしを見てほしいという夫への切ない思いだったのではないだろうか。

- 三浦光子について

「船に酔ひてやさしくなれるいもうとの眼見ゆ津軽の海を思へば」

一九〇七年（明治四十年）五月、啄木は一家離散した。このとき、啄木とともに津軽海峡を渡ったのは、妹光子であった。「妹の眼」が「やさしい」でなく「やさしくな」った、とうたわれているところに、啄木から見た妹の、日ごろの性格がはかられる。利発で負けん気の「兄のおさがりの木綿の着物を着た男の子そっくりの少女」だった。のちに光子は洗礼を受けてキリスト者として真摯な道を行くことになる。

啄木が妹にあてた手紙は、一貫してくだけた口語体である。飾らない物言いが、ふたりの心の距離の近さを感じさせる。啄木没後、光子は節子の晩節問題を語ることになる。各方面から反撃を受けたが、彼女が事実を意図的に曲げて喧伝するような人間であったとは、思われない。彼女を突き動かしたのは、無念を抱いて逝った兄を思う、妹の情愛であったように思われる。

＊　＊　＊

3　山下多恵子氏の文章に対する私見

「あの不愉快な事件も昨夜になってどうやらキマリがついた、家に置く」の私の解釈は次のようなものである。

節子は自分の病状が良くないことについて郁雨に訴えた手紙を書く。それに対して郁雨は節子に「病気がよくなければ、一日も早く実家の掘合へ帰って静養するのが一番だ」と実家に行くことを薦めた返事を書いている。「あの不愉快な事件」とは妻を実家に行くように唆すような手紙を、郁雨が節子宛てに寄こしたことである。「キマリがついた、家に置く」とは節子を実家には行かせないことにして「家に置く」ことにキメタということである。

郁雨からの節子への「恋情溢れる言葉」とは光子が主張していることを吟味もせずに鵜呑みにした上での創作、もっと厳しく言えば捏造である。なぜならその手紙は公表されていないのだから「恋情溢れる言葉」が書かれているかどうかは、郁雨・節子・啄木以外の誰にも知りようがないからである。

私が引用している「病気がよくなければ、一日も早く実家の掘合へ帰って静養するのが一番だ」とは郁雨がのべていることである（阿部たつを『新編啄木と郁雨』洋々社）。もちろん郁雨が真実を述べているかどうか疑問とする向きも当然あるであろう。とすれば郁雨の述べていることが真実か、光子が述べていることが真実かの、綿密な検討が必要なのである。私の所感では、光子が述べていることが真実だとすると余りにも不自然なことが多すぎるのに対して、郁雨の述べていることが真実だとすると不自然なことをほとんど感ずることが出来ないのである。

なおふき子は父親似の厳格な性格で、父・忠操の教えた通りに嫁ぎ先の宮崎家につくしている。対人関係では姉の節子を思慕し、その他にも夫の郁雨のかつての初恋の人であった女性にも思慕を寄せて交際していた。啄木のことは姉・節子を不幸にした張本人ということで敬遠というよりも嫌悪忌避していたようである。私の所感ではふき子と郁雨の夫婦関係について部外者がアレコレととやかく言われるものがあったとは思われない。

山下多恵子氏は「啄木が妹にあてた手紙は、一貫してくだけた口語体である。飾らない物言いが、ふたりの心の距離の近さを感じさせる」と述べている。「一貫して」とは最初から最後迄ということであろう。しかし、啄木最後の光子宛手紙は次のようなものである。

「……くれぐれも言ひつけるが俺へ手紙をよこす時用のないべらべらした文句を書くな、お前の手紙を見るたびに俺は癇癪が起こる。三月二十一日　光子殿」

他の手紙は山下多恵子氏が述べるようなものだったとしても最後の手紙からは、「飾らない物言いが、二人の心の距離の近さを感じさせる」とは私には思えない。最後の「光子殿」も如何にも他人行儀に思える。啄木が亡くなる二十三日前の手紙である。この手紙は、くだけた口語体ではあっても、啄木終焉の時には啄木と光子は心の距離が離れてしまっていたとしか思えない。

山下多恵子氏は、野口雨情の子息が野口雨情を研究している内容を批判的に吟味し「妻だから息子だからいちばん理解しているとは限らない。理解できる部分と、妻ゆえに子ゆえにまた弟子ゆえに全く盲目になってしまう部分があるだろう。その盲目の部分を第三者が明らめる必要があると思う」(「啄木と雨情―明治四十年小樽の青春―」『北方文学』五十号、一九九九年六月号)と述べている。このことは啄木の妹の光子にとっても同様であろう。光子の主張を鵜呑みにすることの弊害を山下多恵子氏は指摘してくれていると思われるだが……。

いろいろな資料に目を通し、論考を重ねて行けば、私には「彼女(光子)は事実を意図的に曲げて喧伝するような人間に思えて仕方がない」のである。

光子が書いたとされる『悲しき兄啄木』『兄啄木の思い出』は、前々から頴田島一二次郎が書き取ったものであることが明らかとなっている。他人に書いてもらっていながら、さも自分が書いたように世間には思わせていた光子のやり口は如何なものであろう。啄木も喜市に代筆してもらったりしたことがあるが、啄木の場合は読者にそれが判るようにきちんと断っており、読者を騙すようなことはしていない。

「彼女を突き動かしたのは、」郁雨や節子を貶めることによって自己の立場を有利にもちこもうとするさもしい利己的名誉心だけである。「無念を抱いて逝った兄」についてはその内容をまったく勘違いしている。

二十六歳の若さで幼子と身重の妻とまだ見ぬ我が子を残して死ぬ覚悟をしなければならなかったのだから啄木の無念はあまりあるものであろう。そればかりでなく、その他の無念の内容として、郁雨節子不倫論者は、啄木は妻の不倫と親友の裏切りという無念を抱いて死んだ、ということを主張したいのであろう。その無念をはらすことが妹・光子の兄に対する情愛であるという論考に行き着く。

私の見解は全く異なる。啄木の無念とは、節子を幸せにして、忠操に節子を啄木のところへ嫁がせて良かった、と思わせることが出来ないまま死ぬことが最大の無念であった。そして啄木が死んだ後のことを考えると、啄木は節子には忠操の下には行って貰いたくない思いが強い。節子が忠操の下へ行くということは、自分たちの愛情が否定されて、結婚が間違っていたことを意味し、啄木の人生の完全な敗北を意味するものであった。そのため啄木は啄木の終焉に当たって家出先からやってきた当時六十二歳の父・一禎に対して、無理を承知で、節子や遺児たちが忠操の世話にならなくてもいいように「稼いでください」(啄木の終焉についての節子の光子宛手紙)と懇願しているのである。一禎は寺に棄てられ、そして寺からも棄てられて、一般社会で働いたことはない。一禎に稼ぐ能力がないことは判り切っており、無理を承知なことを懇願していることがいっそう哀れである。啄木としては、何としても自分の尻拭いは忠操にだけはして貰いたくない、そんな啄木の気持ちはよく了解出来るではないか。

郁雨に対しては、啄木の忠操に対する思いを理解せず、忠操の肩を持つという点では不快ではあろうが、節子の不倫相手と思っていたなどということは光子の主張意外には全く認められない。

私の所感では、光子は啄木の無念の対象が郁雨と思っているようであるが、実際は忠操であることに気付いていない。勘違いしているとしかいいようがない。何故そのような勘違いをするかといえば、光子の先入観として郁雨と節子に対する憎悪の陰性感情があまりに濃厚であったからとしか言いようがないのである。

4　郁雨節子不倫論者の行き着くところ

もしも光子の主張通りに郁雨と節子とが愛人関係にあったとすると、一体どのようなことになるのかを論考してみたい。

光子が書いたとされる『悲しき兄啄木』では、問題の手紙による悶着があってから三日後にはもういつものように仲の良い夫婦になっていた、という。また丸谷喜市の書いたものでも「既に夫妻本来の姿に帰ってゐたことである」という。

妻と親友の間が愛人関係で不倫を云々する間柄であることを知って、大いに怒った啄木が、三日後には元のように仲の良い夫婦に戻るとすれば、啄木はペラペラと燃える時は勢いよく燃えるが、直ぐに燃え切ってしまう、鉋クズのような人間としか思えない。

あるいは、妻と友人がそれまで愛人関係にあったことにまったく気づくことが出来なかったトンマな男としか思えない。確かに啄木は平山良太郎という男にマンマと騙されて美人の女流歌人と勘違いするようなトンマなところがなかった訳ではないが、それと同じように節子と郁雨のことでもそんなにトンマだったのか、ということになる。

そして当然のことながら、郁雨節子不倫論では、郁雨という人物は、親友に経済的援助をしていながらその親友の妻を寝取ろうとするような、とんでもなく陰険狡猾悪質な人物ということになる。

そんな悪質な人物であることを啄木は見抜くことが出来ず、郁雨のことを「真の男」と思ったり、多くの書簡で心を打ち明けていたとは、すっかり郁雨に騙されていたことになるのである。

しかし啄木について、鉋クズのような男とか、トンマな男という特性は、どう考えてみても似合うことがない。啄木と最も似合う特性は、ペラペラと燃えるだけの鉋クズではなくて、打てば響く青銅の釣鐘であり、トンマではなくて鋭敏である。

啄木が鉋クズでトンマではあんまりである。そこで郁雨節子不倫論者は、啄木鉋クズ論トンマ論を否定するためにとんでもなく奇異な論考を持ち出して来ざるを得なくなる。つまり啄木は問題の手紙で、初めて郁雨節子の不倫を知ったのではなくて、以前から知っていた。それを問題の手紙が来たことをきっかけに三日間ほど怒って見せただけ、ということになる。つまりそれまで啄木は郁雨節子の不倫を知りつつ、それに対して怒りを抑え、忍耐強く耐えていた、ということである。

「つまり一切何も言わずに、奥さんの裏切りをじっと耐えていた。啄木について『いい加減な人間』という文学的噂が流れていますが、人間としてしっかりしていたのではないか。特に後半は、腰が据わってくる。つまり僕は節子さんと郁雨に何かあって、それを啄木が悲しみながら堪えていたという説をつくって、啄木をもう少し高めようと陰謀を企んでいるのです」（井上ひさし『国文学　解釈と鑑賞』〔特集・啄木の魅力〕二〇〇四年二月号、至文堂）

こんな珍奇な説を捏造して、啄木をもう少し高めようとする意図は全く理解することが出来ない。

妻・節子の裏切りをじっと耐える忍耐力のある啄木が、郁雨の手紙一本に反応して、経済援助を拒否放棄するような義絶をしたのかの説明がつかない。啄木がじっと耐える忍耐力のある人物であったらこの事件は発生しなかったであろう。

啄木は、節子が忠操に会いにいこうとしただけでそれに敏感に反応して大喧嘩をしてしまう程なのに、郁雨と不倫関係を知っていながらそれにじっと耐えられる人間、とは到底考えられない。啄木は、心に浮かんだことは喜怒哀楽全てを素直に鋭敏に表現することで啄木らしい。それが読者の心の琴線に触れるのである。啄木が忍耐強く自分の心を抑圧してしまっては、啄木ではなくなってしまう。

啄木は三ヶ月前に、節子が忠操の下へ行こうとしたことで大喧嘩をしている。そのため気狂いしそうな節子をやっと諦めさせて仲直りしたところへ、また郁雨が節子に対して、忠操の下へ行くようなことを唆したりしているのだから、啄木が怒り心頭となるのは当然の成り行きとして了解出来る。そしてやはり節子は忠操の下へ行くことを諦めてくれたので安心して、三日でまた仲直り出来たのである。郁雨と義絶することは啄木としても本意ではないが、節子を忠操の下へ行かせるよりはまだ我慢出来るのである。忠操の下へ行ったのでは、節子の家出事件の時の再現で、あんなに辛いことは啄木としては懲り懲りなのである。

そして郁雨と付き合っていれば何時またそのような悶着が発生するか予想がつかない。郁雨は外見は柔軟であるが、容易に自分の考えを変えてしまうような軽佻浮薄な男ではなく「真の男」であり、唯々諾々と啄木に従ってばかりの人間ではない。そういう人柄であることを啄木は知っているのである。だから喜市の勧める義絶に一応同意したものであろう。

このように考えた方が論理的にすっきりしていて矛盾がない。

それに井上ひさし氏の企んでいる陰謀では、啄木を高めることにはならない。啄木は、「節子さんと郁雨に何かあって、それを啄木が悲しみながら堪えて」、郁雨から経済援助を甘んじて受け、それに涙を流して感謝しているような手紙を書いているということになる。これでは啄木はそれと知りつつ知らんふりをして、妻を友人に金で売り渡していることになる。これでは啄木の特性は、狡猾にして卑しく、陰険卑劣、最も悪質としか言いようがない。

啄木の価値を認めず、啄木が大嫌いで、何とかして啄木を貶めたいという人たちからは大歓迎される論考である。そういう人たちもいない訳ではないであろうが、実際の啄木とはあまりにかけ離れていく論考としか考えられない。

そこに郁雨節子不倫論者の行き着くところを見ることが出来る。

井上ひさし氏の陰謀は、郁雨だけを貶めるのではなくて、啄木をも貶めて、そのことによって井上ひさし氏自身を啄木以上の文筆家として高めて世間に思わせようとする、まさに利己的自己中心的な企み、陰謀としか思われない。

補遺　山下多恵子氏の論考について

山下多恵子氏は次のように書いている。

「ソウルでの発表と盛岡での発表とでは大きく違う点がありました。それはいわゆる晩節問題についいてです。郁雨との間に何があったのか、なかったのか。ソウルでの質疑応答の時間に森義真氏からこのことについての見解を問われたとき、それほどの重要な問題とは思われませんでした。特別な関係があったかもしれないし、なかったかもしれない、でももしあったとしても、それでもいいじゃないですかとふざけたような答え方をしてしまったのも、私の中にそのような詮索はどうでもいいことではないか、という思いがあったからかも知れません。しいて言うなら、そのときの私はむしろ、何もなかった、というように思います。連載の記事にも、二人の感情を仄かなものとして書きました。（以下略）」（山下多恵子「啄木の節子・私の節子」『国際啄木学会盛岡支部会報』第一四号、二〇〇五年十月二十二日号）

山下多恵子氏が「忘れなぐさ　啄木の女性たち」を『盛岡タイムス』に連載したのは二〇〇四年二月二十日〜六月十六日にかけてである。国際啄木学会ソウル大会は二〇〇四年十月九日〜十一日である。

山下多恵子氏は「むしろ、何もなかった」と思いながら「仄かなもの」として「忘れな草　啄木の女性たち」を書いたという。私が「忘れな草　啄木の女性たち」を読んだ所感ではとてもそのようには理解出来ない。「忘れな草　啄木の女性たち」の中で郁雨の節子に対する「恋情溢れる言葉……」などの文章を読めば、これを書いた人物は郁雨と節子の間に何かがあった、と強く感じているとしか思えない。

それをソウル大会の時までは何もなかった方だったが、その後に忠操が初めは節子の帰省に反対したことを知り、そして「堀合忠操――あれほどの娘の身を案じていた父、強い責任感と細やかな愛情で孫の成長を見守った父——が、啄木亡き後房州での生活が立ち行かなくなった両親のもとに帰ろうとした娘節子の函館入りを、いったんは拒んだこと、それが私が節子と郁雨の関係を確信した最大の理由です。夫に先立たれた小さな子どもを抱えた病気の娘を、拒絶しなければならない、どんな理由がこの父にあったというのでしょうか。たった一つ。郁雨の妻（節子の妹）ふき子もまた、彼のかわいい娘なのだということです」（前掲書）という論考に変わったのだ、と主張している。

しかし私には山下氏がソウル大会までは「何もなかった」論者とは信じられない。「忘れな草　啄木の女性たち」を連載していた当時から山下氏は不倫論者だった。しかしその確信がなくて動揺しており、そんな時に、忠操の節子帰省反対論を知ってそれに飛びついた、というのであればわかり易い。

ともかく山下氏の考えはその時々でコロコロと転変しているように思えて仕方がない。郁雨節子不倫論、「何かあった」論は、やはり無理な不自然な論考なので直ぐに大きなたくさんの矛盾にぶつかって一貫することが出来ない。そのため「何かあったとしてもそんなことは大した問題ではない」とこの問題を軽視したり「どっちでもいいじゃないか」などとすり替えてみたり、あいまいなところへ逃避して行くしかないように私には思える。

しかしことは節子と郁雨だけでなく、啄木を含めてそれらの人物の人格と名誉に関わる大問題である。この問題は啄木を含めて節子郁雨らの三人の人間性をどのように理解すべきかの重大問題である。この問題に対して「大した問題ではない」とか「どっちでもいい」という見解の人には三人の人格を論ずる資格は無いとしか私には思えない。あいまいなすり替えや妙な誤魔化しを止めて、厳密に慎重に論考してもらいたいものである。

なお私は、山下多恵子氏の思慮の中で創造された節子像は、不倫は事実無根であることこそ相応しく似つかわしいという所感を得ている。氏自身も「晩節云々というと、節子のイメージが崩れてしまうではないかとか、この夫婦のどこに救いがあるか、と言われそうです」(前掲書)とその矛盾点を素直に告白している。氏が晩節問題を事実無根としてでなくて、事実として肯定的に引きずって考えている限りこの矛盾点は解決出来ないであろう。

四、創作・四通の手紙

はじめに

明治四十四年九月中旬ごろ啄木の親友・郁雨から啄木の妻・節子宛に手紙が来る。その内容に啄木は激怒して郁雨と義絶してしまう。後に京助が「啄木末期の苦杯」、光子が「節子の晩節問題」と言った事件が発生する。

その時啄木は節子の父・忠操宛に長い手紙を書き、光子が投函させられたと光子は述べている。同時に啄木は郁雨にも絶交状を書いて、それは姪のイネが投函したものであろうと光子は推察している（注①）。

しかし光子が述べている啄木が書いたとされる忠操宛と郁雨宛の手紙の存在は、光子が述べているだけで確認されてはいない。郁雨は啄木から絶交状などは受け取っていない、と述べている。また忠操は啄木から長い手紙が来たとは誰にも伝えてはいない。

節子が郁雨宛に書いたと推察される手紙も、郁雨が述べているだけでその存在は確認出来ないが、節子が啄木に対して髪を切って（光子が書いたもの以外ではその事実は確かめられないが）までして啄木に謝ったということではその存在は確実と思われる。何故なら郁雨からの手紙だけが問題ならば、たとえどんなことが書かれていようとも節子に直接的責任はなく、髪を切ってまで謝ることはないのである。郁雨に返書として問題の手紙を書かせるような手紙を節子が書いたので、そのことを啄木に追求されたので節子は髪を切って謝ったのであろう。また郁雨は節子からの手紙に返事を書いた、と阿部たつをに述べている（『新編　啄木と郁雨』洋洋社）ので、節子と郁雨の間に手紙の遣り取りがあったことは間違いあるまい。

しかしそれらは現物が残されている訳ではないので、どのようなことが書かれてあったのかは想像して創作するしかない。啄木が忠操宛に書いた長い手紙と郁雨へ書いた絶交状は光子が書いているだけでその存在が不確かなのではあるが、想像して創作することは可能である。

以下の手紙は私が勝手に創作したものであり、でっち上げと批判されることは覚悟の上のものである。私はプロの作家ではないのであるが、読者には私の下手な小説、ないし小説もどきと解釈していただければ幸いである。

1　節子から郁雨への手紙

明治四十四年葉月（八月）二十七日

兄さん（注②）は今ごろは、北海道の真ん中辺りの美瑛の野の演習場にお出でとうかがっております。ようやく秋風が吹き涼しくなり始めて来るころでしょうか。啄木は秋風が好きで啄木の詠む歌には秋風がよく出てきます。しかしながらここ東京はまだまだ残暑が厳しい日が続き、汗がしたたり落ちる（注③）暑さの毎日でございます。

私が兄さんに手紙を書くのは久しぶりのように思はれます（注④）。

兄さんはいつもいつも元気そうで頼もしく思っております。今は軍隊の演習に参加していると聞いておりますが、如何お過ごしなのでしょうか？　啄木と私の方も元気でおります、と書きたいところなのですが、実際は啄木もえぢの悪いカツ婆さんも病気がちであまり元気ではありません。私自身も身体が弱ってきているようで不安な思いの毎日です。

実は私が兄さんに送られて東京に来て（注⑤）からも身体あんばいはあまりよくなかったのです。でも啄木がカツ婆さんばかり気にして私の身体あんばいのことなど見向きもしてくれませんでした。それで私は思い切って家出（注⑥）をしてしまいました。その時は妹のフキ子と兄さんが結婚することになっていたので、フキ子の嫁入りの手伝いのこともあったのですが、身体を少し休めようとも思っていたのです（注⑦）。実際に実家に行っていくらかのんびり出来て元気を取り戻したような気分になりました。

でも京助さんからは「啄木が深く反省しているから戻ってあげて下さい」と切実に訴える手紙が来たり、仙岳先生からも啄木のところへ帰ってやるように言われたりして、それになによりも私の父親が「いったん嫁いで行ったからにはどんなことがあっても帰ってきてはならない」と厳しく言うものですから、あの時は戻ってきました。私も本気で家出してきた訳ではありませんでしたから。

あの時から啄木はかなり反省したのか、カツ婆さんのことばかりでなく私のことにも幾らか気にしてくれるようになりました。

それでも嫁と姑の問題は一朝一夕には解決しません。この間なんかは京助さんが啄木の留守中に訪ねてこられた時、カツ婆さんは啄木がその場に居ないことを良いことにしてあることないこと、私がカツ婆さんをいじめてばかりいるようなことを、私の居る目の前で哀れっぽく京助さんに訴えたりしているのですよ。私は慣れっこになっているとは言え、これ見よがしに私の目の前で、親戚でも無い他人の京助さんに愚痴るなんて、良い気持ちにはなれませんでした（注⑧）。

この間なんか、ネズミ退治と、京子に動物を可愛がる暖かい心を育てようと考えて猫を飼おうとしたんですが、カツ婆さんが、家の中が汚れるんじゃないか、猫の排泄の始末は誰がする、餌の準備は誰がやるのだ、なんのかんのと、猫を飼うことだけで家の中が奇怪しくなってしまうほどなんです（注⑨）。

啄木は哀果さんと共同で出版を準備していた雑誌がいよいよとなってから駄目になったらしく、このごろは熱も上がったり下がったりで勤めも休んでおり、機嫌が良くありません。それに給料は毎回毎回前借りの連続で質屋通いの毎日が続いています。貧乏は慣れっこにはなっていますが、それにしても毎日毎日が暗い日々の連続となっています。

それに私の身体あんばいも何だかまたまた悪くなって来ているようで、家事仕事も疲れて中々思うように出来なくなっています。

このまんまだとあんまり辛くて、いっそ死んでしまいたくなることもあります。啄木も前には死にたくなったことが何回もあって、その時は私に助けられたそうです（注⑩）。しかし今の私を助けてくれる人は誰もいないように思えて仕方がありません。啄木も今の状態では私を助ける心の余裕はなさそうに見えます。

私が死にたいほどの辛い気持ちでいることを親身になって聞いてくれるのは悲しいことに今では兄さんぐらいしかいないように思います。私には大勢の弟や妹がいますが、私を支えてくれるような姉も兄もおりません。だから兄さんが本当の私の兄さんのように思えてついつい甘えたい気持ちにもなってしまいます。

愚痴っぽいことを長々と書いてしまいましたが、申し訳ありません。我が家はみんな病人となってしまっていますが、ただ一つの救いは京子が元気なことです。京子が函館でジフテリアを患ったことがありましたが、兄さんに親身に看病してもらったことが夢のように思い出されます。

最後になってしまいましたが、フキ子を幸せにしてやって下さいませ。

なつかしき

御兄様　御許に

節

2　郁雨から節子への手紙

久しぶりに貴方からのお手紙を拝見いたしました。

啄木からも時々手紙が来ますが、最近では真剣に取り組んでいた、土岐哀果さんと共同で出版を計画していた雑誌『樹木と果実』のことがうまく行かなくて、かなりがっかりしているように思えます。貴方には、そのような啄木を傍らに居て支えていただければ幸いです。あれ程の才能に恵まれた啄木のことですから今は苦悩の時かも知れませんが、きっと何時か大輪の花を咲かせてくれるものと私は信じております。

しかしながら貴方の身体の具合が悪ければ支えることも出来ないことでしょう。節子さんの身体の具合が悪ければ、実家の掘合に帰って静養するのが一番だと思います。実は、貴方が盛岡に行った時の様子（注⑥）を叔父の村上祐兵から「貴方の顔色が良くない、このまま放っておくと死んでしまうぞ」と聞いていたので貴方の身体の具合のことは前々から心配していたのです。何とかして身体を元気に回復して下さい。

フキ子には我が家の大勢の身内の中に入ってかなり苦労をかけています（注⑪）が、何とか頑張ってもらっており有り難く思っています。
貴方は私の義理の姉に当たり、私と啄木は義兄弟であります。私に出来ることは協力したいと思っておりますので、何なりとお申しつけ下さい。
明治四十四年九月吉日
石川節子様

美暎の野にて
郁雨

3　啄木から忠操への手紙

謹啓
岳父上様には御機嫌麗しく御過ごしの事と存じあげ申候。北海道函館の北国の秋は駆け足でやって来ることに御座候。今を去る丁度四年前の今頃、明治四十年九月十三日、私は函館から北海道の更なる奥地に向かい単身函館を出立したことを思い出して御座候。その時には思わず知らず涙が頬を濡らしたことも此有候（注⑫）。これから秋は直ぐさま過ぎ去り、駆け足で厳しい冬が到来して此有候へば、岳父上様においては御身体を御自愛いただきますように心より御願い申し上げ御座候。
ところでつい数日前、我が親友・郁雨君より、妻・節子宛に手紙が寄せられ候。その内容に関して些か思うこと此有候。岳父上様に失礼を省みず御手紙を書くことになった次第にて御座候。

郁雨君から節子宛の手紙には次のような事が書かれて御座候。

「節子さんの身体の具合が悪ければ、実家の掘合に帰って静養するのが一番だと思います。」

この手紙は節子が郁雨君宛に書いた手紙の返事のようにて御座候。

ところで岳父上様にはあまりお知らせしたきこととは此無候へども、わが家では今や病人だらけの状態となって御座候。母・カツが一番重症にて候。次が私にて候。節子も体調不全を訴え候ところなれども、母と私に比較すれば未だ軽い方にて御座候（注⑬）。幸いなことに京子は健康で元気いっぱいで此有候へども、大人たちがこんな体たらくにて御座候。それ故、妹の光子に家事手伝いに来てもらっているような有り様にて御座候。

こんな状態の時に、節子に実家に帰られてしまっては我が家は重症な病人ばかりが取り残されて御座候。もしも郁雨君の薦めで節子が実家に行ってしまったとしたら、それは郁雨君が節子に、私や母を見殺しにして、自分だけ実家に行って静養するようにと、唆したも同然にて御座候。こんな酷いことは此無候。私の親友ではありますが、私が郁雨君に対して如何に腹立たしい気持ちとなったかをお判りいただきたく御座候。

郁雨君とは得難い親しい友人の関係で此有候へども、そのような経過で郁雨君との今後の付き合いをどのようにしたものか迷いに御座候。そこで郁雨君と私の共通の友人である丸谷喜市君に相談し候ところ、郁雨君とは暫く付き合わないことにした方が良かろう、との意見を受け入れることと決意致して御座候。郁雨君と付き合っていれば何時また節子に実家に帰るようなことを唆されるかと思えば気が気では此無候。

郁雨君は、これまで何のこだわりもなく私の気持ちを打ち明けることの出来た親友で此有候ひし、更に今では義兄弟となって御座候（注⑭）。また私が経済的に困窮していた時にはいつも援助をしていただいて此有候。それに対しては私は涙して感謝してきたことは事実にて御座候。しかれども、私の方でも郁雨君に対してこれまで甘えすぎていたことを反省しなければならないよう思われて御座候。今後は郁雨君からの経済援助を当てにせずに、そのためにも節子に家計簿を付けさせようかと思案しているところにて御座候。

なお岳父上様には、私と節子のことに関してはいつも御心配ばかりおかけして候ところ、誠に申し訳ない思ひでいっぱいにて御座候。岳父上様から「節子を幸せにしているか！」「どうなんだ！」と詰問候へば、私は何とお答えすればよいやらまことに自信の此無候ところにて御座候。またそもそも私と節子の結婚に関しては岳父上様は強く反対なさっておられ、時には節子を私に会わせないために監禁までなさったくらいで此有候。

特に私については中学校もサボッてばかりで、あげくの果てに卒業を半年ばかり残して中退して候ところのために、娘を嫁にやる岳父の立場とすればもっともだと思われるところに此有候。

私としても今になって考えてみれば、中学校を中退せずにあと半年我慢して卒業して候はば、代用教員ではなく正規の教員としてもっと良い給料を得れたのにという思ひも此有候。しかれどもあの時は仕方なかった事情が此有候。

私が中学校の授業をさぼり、あげくの果てに中退してしまったのには人には言えない深い訳が此有候。

・教室の窓より遁げて
　ただ一人
　かの城址に寝に行きしかな

・師も友も知らで責めにき
　謎に似る
　わが学業のおこたりの因

岳父上様には私の処女歌集『一握の砂』（注⑮）のこの歌をお読みになられたものと思ひて御座候。私が学業に身が入らなく候よりも、入れなくなったと候ひしは、実際の学校教育が画一的で、本当の人間教育から程遠いことに飽き飽きしてしまったことにて御座候。私は中退後にそのことについて私の教育論として「林中書」（注⑯）という小論を中学校の同窓会誌に投稿したことが此有候。

しかれども私が中学校を卒業する気が此無候ひしは、真実はもっともっと別のところに大きく深い理由が此有候。そのことについてはこれまで誰にも打明けて此無候。言わば極秘のことにて御座候。しかれどもこの際には岳父様だけには是非とも御理解いただきたいことにて御座候。

私が中学二年生になって岳父上様の御長女・節子と知り合うようになってから私は学業に身を入れなくなったことは紛れもなく事実にて御座候。そのため女に狂ってのめり込んで学業を疎かにしたのだろうと思われるかも知れなく候へども、真実のところは節子に狂ってのめり込んでのことでは此無候。節子との将来を真面目に真剣に考えての行動であったに此有候。

岳父上様以外の人にはこれまで公開して此無候ところながら、岳父様にもそれなりの秘密を守っていただくことを信じて以下続けることと致し御座候。

実は私は尋常小学校二年生に進級するまでは「石川一」ではなくて「工藤一」と呼ばれて御座候。私は、小学校の二年制に進級した時から突然それまで「工藤一（くどうはじめ）」と呼ばれて候ところ、その時から「石川一（いしかわはじめ）と呼ばれるようになり候。その理由についてははじめのころは何が何だか訳が判らなかったにて御座候。

その後中学校に進学したころより次第にその理由が朧げながらに判って此有候。

実は、私の長姉・サダと次姉・トラは、両親の子共では此無候。常光寺の檀家の家に生まれたことになって御座候。その後、我が母・カツの養子として届けられて御座候。私の場合は、カツの私生児として役場に届けられて御座候。私が尋常小学校二年生に進級する時に我が父・一禎は、長姉・サダは既に叶家に嫁いでいたため、残されていた次姉・トラ、私・一（はじめ）、妹・ミツの三人を、実子としてではなく養子として石川家に入籍して御座候。

かくの如き複雑なる取り扱いは不思議と思われ御座候ところなれども、寺の住職は正規の妻帯を許すこと此無候へば、嘘と誤魔化しの姑息な方法と思われて御座候。

私が育った宝徳寺は田舎の貧乏寺にて候はば、私の高等小学校進学や中学校進学は将来私が宝徳寺の住職になることを条件として有力なる檀家から援助を受けてのことに御座候。つまり私が悠々と中学を卒業候はば、宝徳寺の住職に就任を義務づけられて御座候。そうなり候はば、私は妻帯を許されず、つまり愛する節子との正式な結婚は許されず、またもし子をなせば、他人が産んだことにして届けねばならないことに御座候。

真に節子を愛して候はば、私のこのような進学経過は変更するしか此無候。私は節子とは普通の結婚を望み御座候。そのための中学中退に御座候ところ、岳父上さまにも御理解賜はりたく御座候。

男と女の愛は、或いは夫婦間の愛は、ただ単に金があり、経済的に裕福なだけでは此無候と思ひ候。互いの思ひやりこそ最も大切なものと思ひ御座候。私は節子を妻として今後も真に愛し続ける所存にて御座候。岳父上様には今後とも私たち夫婦を温かい眼差しにてお見守りいただくようにお願い申し上げ御座候。

東京にて

明治四十四年九月吉日

啄木

岳父　堀合忠操　様

4　啄木から郁雨への手紙

謹啓

つい最近のことだが、君からの節子宛の手紙を目にしてしまった。

君にはこれまで親友としてまた義兄弟として筆舌に尽くせない程の世話になってきた。特に私の処女歌集『一握の砂』の書評を何回にも渡って函館日日新聞に掲載してくれたことや、これまでの度々の金銭の援助に対しては誠に感謝に耐えない。また私と君とは義兄弟であり親友の関係であるから、君と節子が文通をしていることをとやかく言うつもりはない。また君と節子がいわゆる男と女の関係として、プラトニックなものを越えたものとはもちろん思ってはいない。その点では君も節子をも疑う気はさらさらない。

しかしながら今回の君からの節子宛手紙にはいささか容認し難きことが書かれており、私としては憤慨せざるを得ない。

君には私が病気で会社を休んでいることや、時々発熱していることなどを手紙で伝えている筈である。そして我が母は私以上に身体は病魔に蝕まれている。君はそれと知りつつ節子に「(節子の)身体の具合が悪ければ、実家の掘合に帰って静養するのが一番だ」と書いている。それは節子に対する君の優しい思いやりのようではあるが、君は、私や母を見殺しにして節子に実家に行くように唆していることにもなる。君には君なりの言い分があるかも知れない。或いは母や私も含めて、病人全員が掘合に行って静養したら良い、などと考えているかも知れない。しかしながら、実際にはそんなことは到底考えられないことは君にも判っている筈だ。

君も覚えているだろうが、函館の青柳町の拙宅で、私と節子の結婚に至る経過については話したことがよくあった。あの時にも話したことがあったが、岳父・忠操は節子を私に会わせないために自宅に監禁した程だったが、節子はそれでも私と結婚してくれたのだ。それを身体の調子が良くないことは言いながら、私と母を見殺しにしてまた忠操の下へ行かせるということは、勿論あの時とは意味は異なるのだが、あの時の監禁とどこか似たことの再現につながるように思えてならない。

今の段階では私は節子を一人で岳父の下へは行かせたくはない。自己中心的に行かせたくないということもあるが、母や私の病気の具合から言ってもとても行かせることが出来る状況にはなっていない。また何がなんでも岳父の下に行かせたくないと固辞しているのではない。私たちの生活にもう少しゆとりが出来て、皆が健康を取り戻した、そのあかつきには、家族全員で岳父に感謝のためのお礼を申し上げに出掛けたいと思っている。今はまだまだその時期ではない。それまでは何としても忍耐が必要なのだ。

しかしながら恐らく君には私の心情は理解し難いものであろうと思う。君は節子の妹と結婚しているので節子は君にとっては義理の姉に当たる。だから節子の身体具合が悪いことを心配してくれることは当然のことと思うし有り難いこととも思う。しかしながら君がそのために節子に岳父の忠操のところへ行くように唆すのであれば、私は君との付き合いもこれまで、と決心しなければならない。今節子に見殺しにされたら我々は途方に暮れるだけなのだ。

それに今更こんなことを言うのは何だか言い訳のような気がするが、私が事有るごとに君に経済的に援助してもらっていたことは実にその度に涙が出そうなくらいに感謝している気持ちは変わらない。しかしながらいつまでも君に頼っているのはやはり心苦しいし、感心したことではないとも思う。これからは君に経済援助を受けなくともやって行けるようにするために節子に家計簿（注⑰）をつけさせるつもりだ。

君との今後の付き合いをどうしたものかと丸谷喜市君にも相談してみたが、丸谷喜市君は君との付き合いをしばらく中止した方がいいだろう、という意見であった。私も今はそれが一番だと思う。今まで言葉に尽くせない友情に対して感謝の意を表しつつも、君とはひとまず別れの挨拶としたい。

啄木

郁雨宮崎大四郎殿

注① 三浦光子著『悲しき兄啄木』『兄啄木の思い出』
注② 郁雨は節子の妹の夫となっているので節子から見れば義理の弟に当たるが、郁雨の方が年上なので、節子は郁雨を「兄さん」と書いている。
注③ 啄木の随筆に「汗にぬれつつ」がある。
注④ 明治四十一年八月二十七日　節子は郁雨宛に手紙を書いている。
注⑤ 明治四十二年六月十六日　郁雨は啄木の母妻子を函館から東京の啄木へ送り届けている。
注⑥ 明治四十二年十月二日　節子は京子を連れて家出している。
注⑦ この時、函館在住の叔父・村上兵衛は盛岡で節子と会っている。その時村上兵衛は節子の体調が悪いことを気にして郁雨に「このまま節子を放置しておくと節子は死んでしまうぞ」と勧告している。
注⑧ 京助は啄木宅を訪ねた時の様子を書いている。

注⑨　猫を飼はば　またそのことが争いの　種となるらん悲しき我が家
注⑩　明治三十九年十二月二十六日夜のことについて啄木の日記に書いている。
注⑪　郁雨の家には七組の夫婦と三十人の家族がいた。
注⑫　啄木が明治四十年八月二十五日～二十六日にかけての大火のため母と妻子を函館に残し、単身函館を出発したのは明治四十年九月十三日。その日の日記に「車中は満員にて窮屈この上なし、函館の燈火漸やく見えずなる時、云ひしらぬ涙を催しぬ、」と書かれている。郁雨から節子宛の問題の手紙が届いたのは光子の記憶では、明治四十年九月十日ごろである。啄木が忠操宛手紙を書いたのはその直後であるから九月十三日ごろと推定される。
注⑬　事実一番先に亡くなるのが母・カツで次に啄木、一年後に節子、という順序で亡くなっている。
注⑭　郁雨が啄木の妻・節子の妹・ふき子と結婚したのは明治四十二年十月。
注⑮　『一握の砂』は明治四十三年十二月発行であるからこの時忠操が読んでいた可能性は高い。
注⑯　林中書　啄木の教育論を縷々述べている。中学校時代の教育の実態批判書
注⑰　節子が家計簿を付けはじめるのは「不愉快な事件」をきっかけとしている。

西脇　巽（にしわき　たつみ）

1942 年 6 月 1 日　福井市生まれ

父の転勤関係で神戸、大阪などを経て小学校 4 年生から高校卒業まで函館で過ごす

1968 年、弘前大学医学部卒業、精神医学専攻

1973 年、八甲病院副院長、1975 年以降院長、2003 年以降名誉院長

現在職務など

青森保健生活協同組合八甲病院名誉院長／明るい清潔な青森市政を作る会会長

所属学会

日本精神神経学会・同東北地方会／日本集団精神療法学会　犯罪学会

その他

青森文学同人／青森市医師合唱団＝ドクターズ・ヨッチミラー合唱団団員（バス担当）

1987 年、89 年、01 年　青森市長選挙立候補

著書

『こころを開く愛の治療　1 精神病』あゆみ出版
『こころを開く愛の治療　2 ボケとアルコール症』あゆみ出版
『鉄格子をはずした病棟』あゆみ出版
『暮らしの中の精神衛生』同時代社
『青森市長選　奮闘記』こころざし出版社
『精神病院の愛すべき人々』同時代社
『愛の崩落』同時代社
『癌より怖いアルコール』同時代社
『生まれ変わる精神病院』萌文社
『初恋後遺症』こころざし出版社
『精神科医の世界見て歩き』同時代社
『西脇巽精神鑑定選集』（全三巻）同時代社
『石川啄木 悲哀の源泉』同時代社
『石川啄木 矛盾の心世界』同時代社
『石川啄木 骨肉の怨』同時代社
『啄木と郁雨 友情は不滅』青森文学会

石川啄木の友人　京助、雨情、郁雨

2006年2月10日　初版第1刷発行

著　者　　西脇　巽
発行者　　高井　隆
発行所　　㈱同時代社
〒101-0065　東京都千代田区西神田2-7-6 川合ビル
電話 03(3261)3149　FAX 03(3261)3237
印刷・製本　中央精版印刷株式会社

ISBN4-88683-569-4